AF130854

www.united-pc.eu

Renée Wega

Wie manipuliere ich meine Frau

Eine Geschichte, teils wahr, teils erfunden
Der Leser kann selbst herausfinden, welche
Begebenheiten er der Wahrheit zuordnet
und welche der Phantasie.

„   Jetzt erschieße ich dich."
Norbert kam aus dem Schlafzimmer zu mir ins Wohnzimmer, zornentbrannt. Es hat ihn so aus der Fassung gebracht, dass ich mich seiner Bitte, mit ihm ein Mittagsschläfchen zu machen, widersetzt habe. Mittagsschlaf ist nicht Evas Sache. Da muss sie schon so müde sein, dass sie ein Powernäppchen macht, was nur sehr selten der Fall ist. Norbert möchte wie üblich Sex haben, aber Eva ist nicht danach. Norbert lässt Verweigerung nur schwer zu, deshalb entscheidet sich Eva immer mal wieder, dem ehelichen Schlafzimmer zu entfliehen.
Der Grund für Norberts Zorn hat eine längere Vorlaufzeit.

Eva hat sich schon in ihrer Jugend für alles Mystische interessiert. Für Kabbala, für Astrologie, für Handlesen, für Kartenlegen, für Aura Soma und für Rückführungen. Norbert hat zu all diesem, wie er sagt Hokuspokus, keinen Zugang. Vor ein paar Tagen war ihm allerdings die Idee gekommen, einem Medium eine Falle zu stellen und die Fragen so zu formulieren, dass das Medium in die Falle gehen würde.

Manuela, das Medium, mit ihrem Kontaktgeist Theobald war seit längerer Zeit Evas Hilfe bei schwierigen Fragen und Entscheidungen. Eva hat diesen Kontakt niemals mit Norbert geteilt, da er ja alles, was nicht greifbar ist, für Unfug hält.

Die Antworten waren gerade eben gekommen. Evas Ansicht nach waren die Antworten genau für Norbert passend. Der Zweifler wurde eines Besseren belehrt. Theobald hat ihn erkannt und es auch so durchgegeben.

Norberts Antwort war: "Ich hatte mir etwas anderes erwartet." Er kann damit nicht umgehen. Er ist sehr enttäuscht, dass sich seine Meinung nicht bestätigt hat. Dass er Theobald nicht einer Lüge bezichtigen konnte. Dass Theobald in keinster Weise etwas mit der Wahrsagerei auf Jahrmärkten zu tun hat.

Norbert war schon ins Schlafzimmer gegangen, um sich zur Mittagsruhe zu begeben. Da ich mich aber weigerte, mit ihm ein Mittagsschläfchen zu machen, hat er es sich auch wieder anders überlegt und ist ins Wohnzimmer zurückgegangen. Eva sitzt auf der Couch und liest noch einmal Theobalds schriftliche Antworten durch. Jetzt steht er mit zornrotem Gesicht im Wohnzimmer und schreit:

„Ich habe es gewusst, dass ist dir wichtiger als ich. Jetzt erschieße ich dich."

Eva ist starr vor Schreck. So in Rage hat sie ihren Mann noch nie gesehen.

Norbert weiß, dass der Schlüssel zum Tresor, wo Eva die Pistole aufbewahrt, an ihrem Schlüsselbund ist. Er sucht die Handtasche. Eva ist zu ihm geeilt und nachdem Norbert die Handtasche gefunden hat, will sie ihm die Tasche aus der Hand reißen. Aber Frau gegen Mann, das ist chancenlos.

Eva hat sich immer gewehrt, eine Waffe im Haus zu haben, aber Norbert hat darauf bestanden und hat Eva dazu aufgefordert den Waffenschein zu beantragen und die verschiedenen Überprüfungen und Tests zu machen.

Eva hat wie immer alles getan, was ihr Mann von ihr verlangte. Also ist die Waffe auf Eva registriert und sie ist dafür verantwortlich, dass sie keine andere Person in die Hand bekommt.

Nachdem Norbert die Handtasche an sich gebracht hat, sieht Eva keine andere Möglichkeit als das Weite zu suchen. Sie läuft die Treppe hinunter, zieht sich einen warmen Daunenmantel an, setzt einen warmen Hut auf, zieht Handschuhe an, packt einen Haustürschlüssel, welcher in der Diele liegt und ihr Handy und verschwindet durch die Haustüre. Eva denkt sich nur weg, nichts wie weg.

Es ist Februar, sehr kalt. Norbert kam Eva vor, wie ein wild gewordenes Tier. Unzurechnungsfähig. Eva fürchtete sich so sehr. Die Tränen laufen ihr über die Wangen. Der Blick ist verschleiert. Jetzt waren Norbert und Eva 43 Jahre verheiratet und jetzt dieser Eklat.

So befindet sich jetzt Eva auf der Flucht vor ihrem

eigenen Mann.

Am Anfang geht Eva noch die Straße entlang, bei erster Gelegenheit biegt sie in einen Waldweg ein. Unaufhörlich laufen die Tränen über die Wangen. Eva kann keinen klaren Gedanken mehr fassen. Das Telefon läutet. Norbert ruft an. Eva hebt nicht ab und geht weiter.

Das Telefon läutet wieder. Teresa, die Tochter von Norbert und Eva ist am Telefon.
„Papa sucht dich. Er hat gesagt, er hätte einen großen Fehler gemacht.
Was ist passiert?"
„Papa hat gesagt, er erschießt mich , da bin ich weggelaufen."
Teresa ist entsetzt.
„Brauchst du etwas?"
„Nein."
„Wo gehst du hin?"
„Ich weiß es noch nicht."
„Wenn du was brauchst, ruf mich an."

Teresa ist sehr besorgt um ihre Mutter.
Eva geht weiter durch den Wald, jede öffentliche Straße und jeden öffentlichen Weg meidend. Das Telefon klingelt ununterbrochen, Norbert versucht ständig Eva zu erreichen.
Teresa ruft wieder an.
„Mama, kommst du heute noch nach Hause?"

„Nein."

Die Frage ist berechtigt, es ist schon später Nachmittag. Die Dämmerung bricht bereits herein.

„Wo schläfst du heute?"

„Ich weiß noch nicht. Irgendwo werde ich schon etwas finden.

„Sag mir wo du bist, dann bringe ich dir eine Decke."

„Nein, ich brauche nichts."

„Wenn ja, ruf mich bitte an."

„Mache ich."

Eva läuft weiter. Es ist kalt, nicht eisig kalt, aber Eva spürt diese Kälte nicht, vielmehr setzt ihr die innere Kälte sehr zu.

Das Verhalten ihres Mannes ist ihr unbegreiflich.

So hatte er sich überhaupt noch nie verhalten.

Es schien fast so, als wäre in seinen Körper ein fremdes Wesen eingefahren. Nein, das konnte nicht sein. Oder doch. Durch ihre spirituelle Ausbildung hat Eva ein wenig Einblick in die nicht sichtbaren Dinge des Lebens. Durch eine Operation kann negative Energie in den Menschen eindringen, da man sich ja gegen Angriffe während der Narkose nicht wehren kann.

Norbert hatte sich vor zwei Monaten die Augenlider straffen lassen. Nach dieser Operation hatte er einen anderen Blick. Eva sah sofort, von Anfang an, dass sie da nicht mehr der Norbert anschaute, denn sie vor Jahren lieben gelernt hatte.

Es war, als ob jemand anderer von ihm Besitz ergriffen hätte.

Dieser Blick war nicht mehr offen. Er schaute irgendwie lauernd und mit fremden Augen auf Eva. Diese spürte die Veränderung.

Es wird immer dunkler und Eva muss sich überlegen, wo sie hinwill. In ihrer Jacke befinden sich € 10,--. Also Zimmer nehmen ist nicht möglich, Kreditkarte hat sie auch keine dabei. Da sieht Eva einen Jägerstand. Sie klettert hinauf. Die Öffnungen sind alle mit alten Fenstern verschlossen und beim Einstieg hängt eine Decke davor. Sie sieht sich um. Ja, das würde für eine Nacht ausreichen müssen.

Das Telefon läutet.

„Mama wo bist du? Ich bringe dir eine Decke."

„Nein, ich brauche nichts."

„Papa ist auch schon wieder zu Hause. Er hat lange gesucht."

Ich lege auf. Es interessiert mich nicht.

Eva macht es sich am Jägerstand so gemütlich wie möglich. Es ist zwar eine Sitzgelegenheit vorhanden, aber natürlich ist keine Vorsehung für eine Übernachtung getroffen worden.

Eva liegt noch lange wach. Die Ereignisse gehen ihr immer wieder durch den Kopf, bis das Gehirn abschaltet und sie in einen leichten Dämmerschlaf fällt. Plötzlich ein lauter Schrei. Eva schreckt in die Höhe. Im eigenen Bett schläft Eva immer sehr gut, sodass sie, obwohl das Fenster immer geöffnet ist und sie in der Nähe des Waldes wohnt, die nächtlichen Geräusche nicht wahrnimmt. Doch jetzt, direkt im Zentrum des Geschehens und etwas unsicher, was die Nachtruhe betrifft, kann das Gehirn nicht ganz ausschalten. Den Schrei kann sie nicht zuordnen, aber irgendwie fühlt sie sich am Jägerstand doch geborgen und der Gefahr des herumstreunenden Getiers nicht so sehr ausgesetzt, als wenn sie am Waldboden übernachten würde. Sie ist so müde, dass sie bald wieder in einen leichten Schlaf fällt.

Doch durch die Nachtgeräusche wird sie immer wieder aufgeweckt. Man hört verschiedene Geräusche, für Eva undefinierbar, da ja im Schlafzimmer, im wohlig warmen Bett, auch bei geöffnetem Fenster, die Töne des Waldes nie so deutlich zu hören sind.

Es ist schön und zugleich etwas Furcht einflößend.

Nach einer unruhigen, eher schlecht als recht durchgestandenen Nacht, klettert Eva wieder vom Jägerstand herunter, durch die Kälte etwas steif und durchgefroren, marschiert sie weiter durch den Wald. Mit unklarem Ziel.

Das Telefon läutet wieder. Teresa ruft an.

„Mama, geht es dir gut?"

„Ja, danke."

„Brauchst du etwas?"

„Nein, danke."

Eva legt auf. Obwohl sie ihre Tochter sehr mag, hat sie jetzt keine Lust mit irgendjemandem zu reden. Eva marschiert weiter. Der Wald lichtet sich und eine Häuseransiedlung wird sichtbar. Auerbach. Mattighofen ist nicht mehr weit.

Eva kommt der Gedanke nach Salzburg zu fahren, zu ihrer Mutter. Mit dem Geld kann sie sich eine Fahrkarte kaufen, aber vom Bahnhof zu ihrer Mutter muss sie zu Fuß gehen, da das Geld für eine Busfahrkarte nicht mehr reicht. Den Schlüssel zur Wohnung hat sie dabei.

Norbert hat auch eine unruhige Nacht hinter sich. Die Drohung, seine Frau zu erschießen, kann ihn ins Gefängnis bringen. Er überlegt hin und her. Eva hat ihm bis jetzt immer den Rücken freigehalten und so vertraut er darauf, dass auch in diesem Fall nichts passiert.

Eva ist mittlerweile bei ihrer Mutter angekommen. Sie steckt den Schlüssel ins Haustürschloss. Er geht nicht hinein, innen steckt der Schlüssel im Schloss. Eva läutet. Sie legt das Ohr an die Türe. Der Fernseher läuft. Evas Mutter hört schon etwas schlecht, aber ein Hörgerät ist nur etwas für alte Menschen und Evas Mutter ist mit ihren 87 Jahren keineswegs alt. Ein Hörgerät würde nie in Frage kommen.

Eva läutet wieder. Auch hat Eva es schon einige Male mit anrufen probiert, aber das Telefon von Hermi, Evas Mutter, ist ausgeschaltet, was bei ihr gar nicht so selten ist, da sie häufig vergisst, das Telefon wieder aufzuladen. Nach ca. einer Stunde kommt eine Nachbarin aus der Nachbarwohnung heraus. Eva erfindet irgendeine Ausrede, warum sie nicht in die Wohnung kann. Nach ca. zwei Stunden hört Hermi endlich das Klopfen und öffnet die Türe.

„Mama, kann ich bei dir bleiben."

Evas Mutter ist eine sehr pragmatische Frau, sie fragt nicht warum, richtet für Eva das alte Kinderzimmer her, kocht ihr einen Kaffee und wartet was kommt.

Eva hat großes Vertrauen zu ihrer Mutter, und so erzählt sie von den vorgefallenen Ereignissen. Die Mutter hört aufmerksam zu.

„Zeig ihn an."

„Nein, das kann ich nicht."

„Dann bleib vorerst einmal da."

Eva verzieht sich ins Kinderzimmer und will erst einmal nur schlafen.

Inzwischen ist Franz, Evas Bruder, gekommen, um seine Mutter zu besuchen. Normalerweise würde Evas Mutter mit niemand über das reden, was ihr ihre Tochter erzählt hatte, aber Franz, ein sehr guter Beobachter, sieht es am ganzen Verhalten der Mutter, dass irgendetwas vorgefallen sein muss, was seiner Mutter sehr zusetzt.

„Was ist passiert?"

„Eva schläft in ihrem Zimmer.“

„Ist sie letzte Nacht in Salzburg ausgegangen?“

„Nein, sie ist von zu Hause weggelaufen.“

„Warum?“

Evas Bruder ist ein einziges Fragezeichen. Evas Mutter überlegt hin und her, ob sie ihren Sohn einweihen soll. Aber Franz sieht sie so durchdringend an, dass sie nicht anders kann, als ihm alles zu erzählen.

Franz ist entsetzt.

„Ich werde zu Norbert fahren und ihn zur Rede stellen.“

„Nein, mach das nicht. Eva möchte das nicht.“

„Der gehört der Polizei gemeldet, Eva weiß gar nicht, in welcher Gefahr sie sich befindet.“

„Lass es Eva entscheiden, was sie tun möchte.“

„Okay, aber du hältst mich auf dem Laufenden.“

Franz verabschiedet sich von seiner Mutter und verlässt die Wohnung.

Evas Mutter spielt nur die Ruhige, innerlich ist sie sehr aufgewühlt und würde am liebsten selber zu Norbert fahren und ihn zur Rechenschaft ziehen. Aber sie weiß, dass Norbert ihr wahrscheinlich nicht einmal antworten würde. Er ist ja so von sich überzeugt.

Eva öffnet die Türe.

Eva hat nichts dabei und braucht etwas zum Anziehen. Sie will nach Hause und sich ein paar

Sachen holen. Da muss sie einen Zeitpunkt abwarten, wann Norbert nicht zu Hause ist. Sie will ihm nicht über den Weg laufen. Sie weiß, dass Norbert morgen einen Termin bei einem Klienten hat. Sie überlegt noch, ob sie einen Anruf beim Bauherrn machen und fragen soll, ob der Termin noch aufrecht ist oder ob er verschoben worden ist, aber das verwirft sie gleich wieder.

Ein Telefonat mit ihrer Tochter bestätigt ihre Annahme, dass Norbert morgen in der Früh in Salzburg einen Termin hat und sie das Haus gefahrlos betreten kann.

Eva borgt sich von ihrer Mutter Geld und fährt um 06.00 Uhr in der Früh mit dem ersten Bus Richtung Michaelbeuern. Von da geht sie zu Fuß weiter, da bis zu ihr nach Hause kein Bus fährt. Bis zu ihrem Haus sind es noch ungefähr zehn Kilometer. Sie meidet genauso wie vor zwei Tagen jede öffentliche Straße, geht auf Feldwegen und durch Wälder. Im Wald in der Nähe ihres Hauses wartet sie, bis sie sieht, dass Norberts Auto vorbeifährt. Sie geht zu ihrer Tochter, die ein eigenes Haus neben dem ihrem hat.

„Geht es dir gut? Wo hast du übernachtet?"

Teresa ist ein einziges Fragezeichen. Eva hält sich bedeckt.

„Ich werde jetzt ein paar Sachen mitnehmen und nicht so schnell wieder nach Hause kommen." Das ist Evas Antwort auf Teresas Fragen.

Eva geht ins Haus, schaut sich um, holt einen Koffer und bemerkt dabei, dass eine Terrassentüre nicht zugesperrt ist, da probiert sie eine zweite Haustüre, auch die ist offen. Eva geht durch das ganze Haus und verschließt alle Außentüren, welche alle nur angelehnt bzw. nicht zugesperrt sind. Danach geht sie ins Ankleidezimmer, um einige Kleidungsstücke zu holen, während des Aussuchens hört sie ein Poltern, glaubt aber es kommt vom Nachbarhaus. Plötzlich kommt jemand die Treppen herauf. Eva wird ganz starr. Die Schlafzimmertüre geht auf und Norbert kommt herein. **Eva weicht zurück. Norbert geht auf sie zu.**

„Ich tu dir nichts. Ich möchte mich entschuldigen für das, was ich getan und gesagt habe. Ich würde mich freuen, wenn du wieder zurückkommst, lass dir Zeit und überlege es dir."

„Ich bleibe jetzt auf keinen Fall hier."

Eva packt weiter. Norbert trägt ihr den Koffer zum Auto und sie fährt davon.

Wieder in Salzburg angekommen, bleibt sie noch einen Tag bei ihrer Mutter und fährt dann wieder zu Norbert zurück.

In Norberts Augen blitzt es siegessicher auf. Eva bemerkt es und weiß im gleichen Augenblick, dass sie einen großen Fehler gemacht hat, der besteht darin, schon sobald wieder nach Hause zurück gekommen zu sein.

„Du weißt schon, dass, wenn ich dich angezeigt hätte, du ins Gefängnis kommen würdest."

Norberts Antwort: „Da steht Aussage gegen Aussage und 43 Jahre Unbescholtenheit, das zählt auch."

Norberts „Reue" ist verschwunden. Er hat sich wieder einmal durchgesetzt und seinen Willen bekommen.

Maria, Evas beste Freundin, ist wütend auf Eva.

„Du hast es ihm zu leicht gemacht. Du hättest viel länger von zu Hause wegbleiben müssen. So hat er daraus nichts gelernt."

Norbert ist liebevoll, sehr bemüht und es scheint der Eindruck, er möchte alles wieder gut machen. Es täte ihm leid. Er erzählt seiner Frau, dass er sich sicher war, dass ich, da ich ja wusste, wann er seinen Termin hätte, in der Zeit nach Hause kommen würde, um ein paar Sachen zu holen.

Er hatte den Termin verschoben, hat aber das Haus zu dem Zeitpunkt verlassen, wo der erste Termin stattgefunden hätte.

Er hatte sich von Eva eine Pudelmütze genommen, die Quaste herunter geschnitten, einen dunklen Anorak angezogen und ist nur eine Runde gefahren. Das Auto hat er etwa 300 Meter entfernt geparkt und ist dann zu Fuß zum Haus geschlichen. Er ist bei dem Scheunentor ins Haus gekommen, als plötzlich die Tür zum Haus aufgeht, Eva herauskommt, die

Scheunentür schließt, die Verbindungstür zwischen Stall und Wohnhaus ebenfalls und noch dazu absperrt. Norbert steht hinter der Tür, aber Eva sieht ihn nicht, da er durch die dunkle Kleidung sehr gut getarnt ist.

Norbert weiß momentan nicht, was er tun soll. Die Tür ist versperrt, wie kommt er ins Haus. In der Scheune liegt irgendwo ein Pickel und Norbert öffnet die Türe mit Gewalt. Schon ist er ihm Haus, geht die Treppe hinauf und findet seine Frau.

Eva geht weiterhin ihrer Arbeit nach und vergisst, dass Norbert sie mit dem Umbringen bedroht hat.

Am Wochenende kommt Thomas, Norberts Sohn aus erster Ehe zu Besuch. Thomas ist um 19 Jahre älter als Teresa, ist mit Doris verheiratet und hat drei Pflegekinder, um die er sich liebevoll kümmert.

Teresa und Thomas haben sich bei einem Cousin- und Cousinen-Treffen in St. Johann kennengelernt. Es hat allerdings eine gewisse Zeit gedauert, bis Thomas ausfindig gemacht werden konnte. Es hat ihn nach Burgenland verschlagen, obwohl es möglich gewesen wäre, dass er in New York, in London oder sonst wo seine Zelte aufschlagen hätte können, da er ja eine künstlerische Laufbahn eingeschlagen hatte und es naheliegend gewesen wäre, sich in einer Großstadt nieder zu lassen was für die Präsentationen seiner Werke vorteilhafter gewesen wäre.

Aber Thomas hat sich sehr gefreut, seine Verwandtschaft väterlicherseits kennenzulernen und ist zum ausgemachten Termin sofort mit kompletter Familie angereist gekommen. Seit diesem Zeitpunkt hatten Teresa und Thomas regelmäßig Kontakt und nachdem Teresa ihn des Öfteren eingeladen hatte, kam er eben, um Teresa zu besuchen.

Norbert in seiner unwiderstehlichen Art, sagt zu mir: „Er soll einen DNA-Test machen, wahrscheinlich bin ich eh nicht der leibliche Vater sondern Herwig." Herwig war Norberts verstorbener Bruder.
"Das kannst du nicht machen. Wenn es sein muss, frage ihn das nächste Mal, wenn er da ist."
„Nein, das belastet mich schon so lange. Und wenn der Test positiv ist, da steht seine Mutter blöd da."
 „Geht es dir um Gewissheit oder geht es dir darum, einem anderen etwas auswischen zu können."
Norbert gibt keine Antwort, aber sein Gesichtsausdruck verrät alles. Eva weiß, dass sie Norberts Meinung nicht ändern kann. Obwohl Widder im Sternzeichen, verhält sich Norbert oft wie ein Skorpion. Stacheln hoch drei.

Norbert und Erika waren in erster Ehe miteinander verheiratet und aus dieser Ehe stammte Thomas. Norbert und Erika sind sehr oft umgezogen und haben auch sehr oft ihre Arbeitsplätze gewechselt. Sie waren unter anderem auch in München gestrandet. Da Erika sehr modebewusst war und gerne neueste modische Kleidung trug, das Geld allerdings meistens etwas knapp war, versuchte sie auf unehrliche Weise an diese Sachen zu kommen. Dabei wurde sie erwischt und des Landes verwiesen. So passierte es, dass Norbert von Montag bis Freitag allein in München war und sich Erika in Herwigs Wohnung, Norberts älterem Bruder aufhielt, da sie ja in Österreich keine Wohnung hatten.

Thomas und Teresa mit ihren Familien kommen zu uns zum Essen. Es sind exakt 5 Tage vergangen, seit Norbert mich mit dem Umbringen bedroht hat. Thomas hat sich neben seiner künstlerischen Aktivität noch ein zweites Standbein aufgebaut. Er betreibt in Burgenland ein Spitzenlokal und ist auch ein sehr guter Sommelier und hat als Gastgeschenk ein paar sehr edle Weine mitgebracht. Er überreicht sie höflich, aber Norberts Antwort:

„Wein haben wir selber."

Kein Benehmen, aber im Außen, vor allen bei Fremden, den perfekten, gebildeten, hilfsbereiten und alles wissenden Mann vorgaukeln. Norbert legt den Wein zurück in den Korb, den Thomas mitgebracht hat und stellt ihn in der Diele ab.

Er behandelt mich, als ob alles in bester Ordnung wäre, streicht mir liebevoll über den Rücken. Gerade dass mir die Haare nicht zu Berge stehen. Teresa sieht mich entgeistert an. Auch sie hat es erschreckt, wie Norbert sich benimmt.

Und dann die für mich verhängnisvoll Frage.

„Thomas, ich weiß nicht, ob du das weißt, aber als deine Mutter und ich jung waren, haben wir beide in München gewohnt, wo ich auch gearbeitet habe. Deine Mutter haben sie bei einem Diebstahl erwischt und so musste sie sofort Deutschland verlassen. Sie ist zu meinem Bruder nach Salzburg gezogen, wo ich sie dann immer am Wochenende besucht habe. Als ich eines Tages nach Hause kam, waren Erika und Herwig ganz verlegen, als sie mich gesehen hatten. Neun Monate später warst du da. Jetzt weiß ich nicht zu 100 % ob ich der leibliche Vater bin. Wärst du einverstanden einen Test zu machen, der mir Gewissheit gibt?"

„Wenn du meinst, ich wäre auf dein Erbe scharf, täuscht du dich. Ich will von dir nichts und für mich ist es egal wer mein Erzeuger ist. Für mich ist mein Vater der Mann meiner Mutter, der mich großgezogen und mir immer Halt gegeben hat. Ich habe mit einem Test keine Probleme" antwortet Thomas.

Als alle gegangen waren, freut sich Norbert diebisch und sagt höhnisch:

„So jetzt kann ich seine Mutter blöd hinstellen."

Ich gebe keine Antwort.

Am nächsten Tag reist Thomas ab, nachdem er sich von uns verabschiedet hatte.

Norbert schickt den DNA-Test zur Untersuchung. Es dauert gar nicht lange und das Ergebnis liegt im Briefkasten. Ich überreiche Norbert das Kuvert.

Er reißt es auf.

Da steht schwarz auf weiß

„Sie sind zu 99,9 % der biologische Vater."

Norberts Miene verfinstert sich. Das war nicht das, was er vom Ergebnis erhofft hatte.

„Jetzt kannst du Thomas anrufen und ihm das Ergebnis mitteilen."

„Nein, jetzt noch nicht."

„Aber wenn es anders gewesen wäre, hättest du es ihm sofort gesagt, nicht wahr?"

„Ja."

„Das finde ich schäbig von dir. Er hat ein Recht das Ergebnis zu erfahren."

„Ja, später vielleicht. Und du sagst auch nichts. Das geht dich nichts an."

„Nein, es geht mich auch nichts an."

Die Tage vergehen. Norbert als Langschläfer steht jetzt jeden Tag mit mir auf.

Mein Tagesbeginn startet bei Eva als Morgenmensch zwischen 05.00 bis 06.00 Uhr und das ganz ohne Wecker. Das ist Evas liebste Zeit. Nach einer Tasse Kaffee beginnt sie ihr morgendliches Ritual, mit meditieren, sich positiv auf den Tag einstellen, Tagebuch schreiben. Jetzt ist das nicht mehr möglich. Spätestens zehn Minuten nachdem Eva aufgestanden ist, schlürft auch

Norbert herein und beobachtet Eva mit Argusaugen.

Eines Tages hat er einen Termin in Salzburg.
Im Dachgeschoss hat Eva einen Tresor stehen, wo alle ihre spirituellen Unterlagen eingeschlossen sind. Auch ist noch ein anderer Tresor im Dachgeschoß, wo auch spirituelle Unterlagen untergebracht sind. Die Zahlenkombinationen dieser beiden Tresore weiß Norbert nicht. Da er so gegen alles Spirituelle ist, hat Eva ihre Unterlagen im Tresor verwahrt.

Norbert kommt vom Dachgeschoß herunter, er hatte am Tresor gedreht und so begann der Tresor zu piepsen.
„Der Tresor piepst." Sagt Norbert
„Der hört schon wieder auf."
„Ich fahre dann jetzt."
 „Ja, in Ordnung.

Norbert ist weg.
Ich gehe ins Dachgeschoss, um beim Tresor nachzuschauen. Es ist alles in Ordnung. Dann drehe ich mich zum gegenüberliegenden Teil des Raumes um und da sehe ich, dass etwas verschoben ist. Dort darunter habe ich den Tresor mit den brisanten Unterlagen versteckt. Komisch. Ich gehe näher hin. Das Versteck ist leer. Ich schaue noch einmal. Vielleicht ist er ja weiter nach hinten gerutscht. Alles

leer. Norbert hat den Tresor entfernt. Meine Gedanken überschlagen sich. Auch ist mein Erspartes in diesem Tresor. Alles weg.

Jetzt ist bei mir das Maß voll. Ich packe das Nötigste in einen Koffer.

Das Telefon klingelt. Norbert ist am Apparat und fragt mich nach einer Telefonnummer, welche er bei einem Kunden benötigt. An meinem Tonfall muss er gemerkt haben, dass ich das Fehlen des Tresors bemerkt habe.

„Haben wir, wenn ich nach Hause komme, etwas zu bereden?" ist seine Frage.

Meine Antwort. "Nein, wir haben gar nichts mehr zu bereden."

Ich lege auf.

Ich packe den Koffer ins Auto, fahre zu Teresa, erzähle ihr das Vorgefallene und bin weg.

Norbert meldet sich bei Teresa.

„Halte Mama auf. Ich bin gleich zu Hause."

„Zu spät. Sie ist schon weg."

Eva fährt zur Bank, versorgt sich mit Geld, genau dem Betrag, der im Safe ist und fährt los Richtung Wien.

Unterwegs ruft sie beim Medium an, um einen Termin zu vereinbaren, da sie Unterstützung braucht, was als Nächstes zu tun wäre, was die richtigen Schritte wären.

Sie erhält für den nächsten Tag einen Termin.
Eva übernachtet in Gols am Neusiedlersee. Es ist für Eva eine ungewöhnliche Situation, so allein zu verreisen. Noch dazu in diesem Zustand.

Norbert kommt aufgebracht nach Hause.
„Warum hast du sie nicht aufgehalten!"
„Wie sollte ich, Ich kann Mama nichts vorschreiben."
„Wo ist sie hin?"
„Keine Ahnung, das hat sie mir nicht gesagt."
Norbert geht nach Hause.

Eva sitzt beim Medium und hat den Zettel mit den Fragen, welche sie sich gestern noch zusammengeschrieben hat, in der Hand.
Es sind alles Fragen Norbert betreffend und sie hofft, dass sie nach dieser Stunde um einige Weisheiten reicher ist.

Das Medium hat einen Kontaktgeist mit dem Namen Theobald und dieser übermittelt dem Medium Manuela die Antworten. Auf diese Weise hat Eva schon viel über ihr Leben erfahren. Es ist aber nicht so, dass man nur dorthin gehen kann und dann bekommt man seine Zukunft vorausgesagt, nein, es gibt einige Hinweise, aber dein Leben leben und bearbeiten musst du selbst. Wenn du etwas gelöst hast und du fragst dann nach, dann bekommst du die Bestätigung, dass du deine Lektion gut erledigt hast, aber nur, wenn dies der

Fall ist. Es gibt aber auch Situationen, wo du ganz konkrete Anweisungen bekommst und zwar dann, wenn die Lage, in der man sich befindet sehr ernst ist und du die Hilfe ganz dringend benötigst.

Also Eva sitzt bei Manuela und stelle ihre Fragen.
Sie hat sich vorgenommen, dieses Mal nicht vor Vollendung der dritten Woche nach Hause zurückzukehren und dies wurde Eva von Theobald bestätigt, dass dies der richtige Weg wäre.

Eva verlässt das Medium, steigt ins Auto und fährt ein Stück die Landstraße entlang. An der ersten möglichen Stelle bleibt sie stehen, um die Antworten noch einmal durchlesen zu können.
Die Antworten sind sehr aufschlussreich.
Unter anderem hat sie gefragt:
Frage:
Warum ist die Situation zwischen Norbert und mir so eskaliert.
Antwort:
Weil er einfach nicht akzeptieren kann, dass du ein eigenständiger Mensch bist und er nicht bestimmen kann mehr über dich.
Frage:
Wird das jemals wieder anders?
Antwort:
Nein, es bleibt so. Es ist immer nur phasenweise anders.

Frage:
Kann wieder Vertrauen zwischen uns entstehen.
Antwort:
Vertrauen nicht, ihr könntet nur so leben, dass ihr getrennt im Hause leben würdet und jeder macht, was er will. Als normales Ehepaar funktioniert nicht.
Frage:
Wird er mir was antun?
Antwort:
Wenn er merkt, dass du gehen willst und dann macht er was.
Frage:
Ich fühle mich bei Norbert manchmal so, als ob ich eingesperrt wäre.
Antwort:
Das ist, weil er so denkt, seine Gedanken sind, dass du daheimbleibst und nicht mehr alleine weggehst. Das sind seine Gesetze.
Frage:
Diese Gesetze will er für mich?
Antwort:
Aber nicht, weil er sie selber glaubt oder überzeugt ist, sondern das passt für ihn, dich für sich zu sichern.

Eva hat nicht vor, so schnell nach Hause zu fahren. Bei jeder Aktion, wo man etwas erreichen will, sollte man mindestens 21 Tage am Ball bleiben. Und Eva hat sich fest vorgenommen, diese Zeit durchzustehen.
Sie fährt nach Kärnten zur Familie ihrer Mutter.

Ursprünglich wollte sie ja nicht fahren, aber jetzt kommt ihr das sehr gelegen. Von Evas Lieblingscousin Hermann wird das erste Enkelkind getauft und so wie es in Kärnten üblich ist, ist das eine große Familienfeier. Kirche, anschließend Gasthaus und fröhliches Beisammensein.

Hermann, empfängt sie sehr herzlich. Die beiden haben sich jetzt schon über zwei Jahre nicht mehr gesehen, aber sie telefonieren gelegentlich und beide spüren eine Verbundenheit, welche seit ihrer Kindheit immer aufrecht geblieben ist. Jacqueline, Hermanns Frau, hat zum Abendessen eine wunderbare Quiche Lorraine gemacht. Sie ist Französin und die Liebe hat sie ins Lavanttal verschlagen. Eva, die sehr feinfühlig und spürig ist, merkt sofort, dass zwischen den beiden die Chemie stimmt und dass auch Jacqueline Eva so akzeptiert, wie sie ist. Es ist ein anregender Abend, wo sehr viele alte Geschichten erzählt werden und auch Jacqueline erzählt von ihrer Jugend in Frankreich

Satt, müde und trotz der momentanen Situation geht Eva beinahe fröhlich zu Bett.

Am nächsten Morgen geht es ab zur Kirche. Ein großes Hallo von Seiten der übrigen Verwandtschaft bei Evas Anblick. Niemand hatte mit ihr gerechnet.

Barbara, Hermanns Tochter, hält ein in einem wunderschönem Taufkleid befindliches Mädchen auf dem Arm. Die schwarzen Haare sprießen unter der weißen Spitzenhaube hervor. Das Taufkleid, zur Haube passend, hat Jacqueline in Paris besorgt. Es ist über und über mit Spitzen versehen und Nadine, so soll die Kleine getauft werden, schläft jetzt seelenruhig im Arm der Mutter.

Allmählich kommt die ganze Verwandtschaft. Einige kennt Eva nicht, da sie ja schon eine Zeitlang nicht mehr in Kärnten war und die meisten Verwandten der jungen Generation mit ihren Partnern gekommen sind. Auch die französische Verwandtschaft ist Eva total unbekannt.

Die Glocke des Kirchturms läutet. Also wird es Zeit in die Kirche zu gehen. Vater und Mutter mit Baby gehen voran, danach folgen die Taufpaten, dann die Großeltern und zum Schluss die restliche Verwandtschaft. Auch ein paar Schaulustige haben sich eingestellt, die die Taufe miterleben möchten.
Der Pfarrer spricht eine kurze Andacht, und fordert die Taufpaten auf vorzutreten und das Versprechen für den Täufling abzulegen.

Eva schaut der Zeremonie zu, aber weit mehr ist sie von der Kirche fasziniert. Der Altar ist ein gotisches Kleinod und auch der Rest der Kirche ist beinahe im reinsten, gotischen Stil erbaut. Eva liebt die spitzen

Türme. Irgendeine Anziehung hat diese Kirche auf Eva und so beschließt sie schon jetzt, dass sie den Kirchenraum vor ihrer Abreise noch einmal besuchen wird.

Der Täufling ist bei den Worten des Pfarrers aufgewacht und hat die ganze Zeremonie mit offenen, wissbegierigen Augen verfolgt. Auch das Weihwasser hat Nadine über sich ergehen lassen, ohne auch nur einen Muckser zu machen.

Aus eigener Erfahrung weiß Eva wie angespannt man ist, weil man ja nie weiß, was der Täufling so macht. Aber Nadine war ausgeruht, satt, zufrieden, weil sie im Arm der Mutter war. Also null problemo.

Die anschließende Feier ist auch sehr schön und alle möchten sich mit Eva unterhalten, weil sie sie ja so selten sehen. Norbert wird mit keinem Wort erwähnt nur insoweit, dass er nicht mitkommen konnte. Alle geben sich damit zufrieden.

Am nächsten Morgen beschließt Eva weiterzufahren. Vorher will sie noch einmal in dieser wunderschönen Kirche, da ja Sonntag ist, eine Messe besuchen. Eva ist aus der katholischen Kirche ausgetreten, da sie die Missstände, die dort herrschen, verabscheut. Der ausschlaggebende Grund aber war damals, als ein Bischof eindeutig als Pädophiler angeklagt aber nach Kirchenrecht verurteilt wurde. Das Kirchenrecht sah jedoch nur eine Strafversetzung in ein anderes Kloster vor, aber er durfte seine Freiheit behalten. Das war mit Evas Moralvorstellung nicht vereinbar.

Die Baustile der Kirchen waren für Eva immer einer Besichtigung wert. Und auch studierte sie bei den seltenen Besuchen einer Messe, die Auftritte der Priester, um sich ein psychologisches Urteil bilden zu können.

Eva sitzt still in ihrer Bank und hört dem Pfarrer zu. Plötzlich wird die Kirchentür aufgerissen. Ein Mann stürmt herein. Er hat eine Pistole in der Hand. Er läuft auf den Altar zu und packt sich einen der Ministranten als Geisel. Ein kleiner junger Mann, höchstens sechs Jahre alt. Die Kirchengemeinde ist starr vor Schreck. Keiner rührt sich. Der Geiselnehmer fuchtelt mit der Pistole herum, immer den Buben im Würgegriff. Der Pfarrer versucht auf ihn einzureden, aber er schnauzt ihn an.
„Ruhe."
Der Pistolenlauf richtet sich auf den Pfarrer.
Verängstigt verstummt der. Keiner macht Anstalten etwas zu tun. Alle sind in einer Schockstarre.
Sollte ich etwas tun. In meiner Ausbildung hatte ich die Hypnose gelernt. Aber das ist eine heikle Situation. Gelingt die Hypnose nicht, ist das Leben des Buben und vielleicht noch anderer Leute in Gefahr. Eva schwankt. Lange Zeit zum Überlegen hat

sie nicht.

Sie raunt ihrem Nachbar zu. „Rufen sie die Polizei", dabei steht sie auf und fixiert den Geiselnehmer mit ihrem Blick.

Der Gauner zeigt mit der Pistole plötzlich auf Eva und schaut sie direkt an.

„Sitzenbleiben".

Eva ignoriert diese Bemerkung.

Sie schaut ihm direkt in die Augen, er schaut ihr direkt in die Augen und jetzt weiß sie, dass sie ihn hat. Eva fixiert in mit ihren Augen.

Sie redet leise und in gleichmäßigem Ton.

„Es ist alles in Ordnung, niemand will Ihnen etwas tun, sie sind hier, weil sie sich verlaufen haben und jetzt nicht mehr nach Hause finden. Es ist gut, wir werden Sie jetzt aus der misslichen Lage befreien."

Am Blick des anderen bemerkt Eva, dass er schon in eine leichte Trance gefallen ist. Sie spricht weiter. Es ist nicht so wichtig, was sie sagt, vielmehr der Tonfall ist ausschlaggebend.

Jetzt ist sie beinahe in der ersten Bankreihe und nur noch ungefähr zwei Meter vom Geiselnehmer entfernt. Sie schaut weiterhin dem Geiselnehmer in die Augen, aber jetzt wendet sie sich mit der Stimme an den Buben, den Blick weiterhin fest auf den Geiselnehmer fixiert.

„Du lässt dich jetzt ganz langsam zu Boden gleiten, hörst du, ganz langsam, das ist ganz wichtig, dass er nicht aus der Trance aufwacht. Und dann kriechst du am Boden zu den Bänken." Eva spricht in gleichmäßigem Ton.

Der Bub hat sie verstanden. Er befolgt ihre Anweisungen und als er die erste Bankreihe erreicht hat, ertönt ein lauter Schrei. Der Mutter ist der Schrei aus Freude über die Rettung ausgekommen.

Aber die Hypnose ist unterbrochen. Der Geiselnehmer schaut verwirrt drein, wo ist der Junge. Da sieht er Eva direkt vor sich stehen, und richtet jetzt die Pistole auf sie. Doch Eva reagiert geistesgegenwärtig. Durch ihre Kampfsportausbildung, welche sie gemeinsam mit ihrer Tochter gemacht hat, hat sie einige Tricks drauf, die ihr jetzt helfen könnten.

Sie hebt das Bein, lässt es nach vorne schnellen und erwischt die Pistole. Diese fliegt in hohen Bogen durch das Kirchenschiff. Der Geiselnehmer schaut verdutzt der Pistole nach, besinnt sich, und geht mit den Fäusten auf Eva los.

Im Kirchenschiff herrscht gespenstige Stille. Alle halten den Atem an. Der Geiselnehmer stürmt auf Eva zu. Die weicht geschickt aus, erfasst ihn bei den Armen, dreht ihm den Arm um. Dieser schreit vor Schmerz. Eva hat ihn losgelassen und das Spiel beginnt von Neuem. Auch dieses Mal weicht Eva geschickt aus. Das Training hat sich bezahlt gemacht. Jetzt möchte Eva dem Spuk ein Ende bereiten. Sie dreht auf dem Absatz um, sodass sie mit dem Rücken zum Geiselnehmer steht, zieht ein Bein an und mit Schwung lässt sie das Bein nach hinten sausen und trifft ihr Gegenüber an der

empfindlichsten Stelle des Mannes. Dieser sinkt in die Knie, hält sich beide Hände vor seinen kleinen Mann und winselt nur noch.
Eva hat mit voller Kraft ausgetreten.

In dem Moment stürmen zwei Polizisten herein, überblicken die Situation und legen dem Geiselnehmer die Handschellen an.

Ein hörbares Aufatmen ist im Inneren der Kirche zu hören. Alle sind erleichtert, dass dieser Spuk ein so gutes Ende genommen hat. Die meisten unterhalten sich mit den Nachbarn und in jedem Gesicht ist ein Strahlen zu erkennen.

Eva will die Gelegenheit nutzen, um sich heimlich zu verdrücken, weil sie nicht im Mittelpunkt stehen möchte. Aber das geht nicht. Die Mutter des jungen Mannes kommt zu ihr gelaufen, mit Tränen in den Augen umarmt sie Eva und bedankt sich überschwenglich.

Die Polizisten wollen von Eva einen Bericht. Eva stellt eine Bedingung, Sollte dieser Fall öffentlich werden, wollte sie namentlich nicht genannt werden. Dieses Versprechen können ihr die Polizisten geben, denn von den Kirchengängern kennt sie ohnehin niemand.

Der Geiselnehmer hatte eine Bank überfallen und

auf der Flucht merkte er, dass er verfolgt wurde und so beschloss er eine Geisel zu nehmen. Er hörte Stimmen in der Kirche und so stürmte er dorthin und den Rest der Geschichte kennt ihr schon.

Eva fährt weiter.
Sie telefoniert mit Teresa.
„Papa, hockt den ganzen Tag bei mir. Ich halte das fast nicht mehr aus. Wann kommst du wieder."
„So schnell nicht."
Eva überlegt, was sie tun könnte
Mittlerweile weiß sie, dass sie nach dem ersten Eklat zu schnell wieder nach Hause gefahren ist. Norbert hat daraus nichts gelernt und sich in seinem Narzissmus nur bestätigt gefühlt.

Ohne festes Ziel fährt Eva weiter. Sie kommt durch einsame Straße und schließlich am Millstättersee an. Dort übernachtet sie in einem Haus direkt am See, was jetzt in dieser Jahreszeit von sehr wenigen Gästen frequentiert ist, da die Sommersaison noch in weiter Ferne liegt. Fast automatisch nimmt Eva ein Abendessen zu sich, gönnt sich dazu ein Gläschen Rotwein, auch deshalb, um den verwirrten Zustand in ihrem Kopf etwas zu betäuben.

Eva will ja nichts anderes als ihre Spiritualität leben und sich mit diesen Dingen beschäftigen. Schon als

Kind hat sie bei anderen Leuten gesehen, ob sie die Wahrheit sprachen, ob sie integer waren. Es war für sie als Kind nicht leicht, zu sehen, was wirklich war und zu hören, was wahr sein sollte. Auch hatte sie in dieser Beziehung durch ihre Eltern keine rechte Unterstützung erfahren, obwohl Evas Mutter, wie man so sagt, einen siebten Sinn hatte. Evas Begabung ging wahrscheinlich auf die mütterliche Ahnenreihe zurück. Denn auch Evas Großmutter hatte einen siebten Sinn.

Einmal hatte sie beobachtet, dass ein Lehrer einem Schüler, was zur damaligen Zeit noch nicht verboten war, auf eine ganz infame Weise weh getan hatte. Der Lehrer gab dem Buben eine Ohrnuss und zwar so kräftig, dass das eine Ohr knallrot angelaufen ist. Der Junge erzählte die Angelegenheit zu Hause. Der Vater erschien am nächsten Tag in der Schule aber besagter Lehrer stritt alles ab. Eva hörte die Unterhaltung und war sprachlos über die Lüge des Lehrers. Eva ging zu dem Lehrer und bezichtigte ihn der Lüge.
Der Lehrer wurde rot im Gesicht und schrie das Mädchen an:
„Wir unterhalten uns später darüber."
Aber der Lehrer hatte nicht mit der Loyalität der anderen Schüler gerechnet. Diese bestätigten nämlich Evas Aussage. Der Lehrer wurde als Lügner entlarvt und erhielt von der Schulbehörde eine Verwarnung.

Das Telefon läutet.

Teresa ist am Apparat.

„Wann kommst du nach Hause."

Wieder die gleiche Leier, Papa geht nicht nach Hause. Er hockt die ganze Zeit bei mir herum. Es war mir eigentlich egal. Ich musste mit mir ins Reine kommen. Ich musste herausfinden, was ich wollte. Es ging in diesem Fall ausnahmsweise nicht um die Familie, um andere, es ging einzig und allein um mich. Meine Prioritäten hatten jetzt Vorrang. Ich kam an erster Stelle.

Mir fiel der Satz ein

„Wenn du dich selber nicht liebst, dann kannst du auch andere nicht lieben."

Ich hatte immer die anderen vor und über mich gestellt. Ich war mir selber nicht so wichtig, irgendwie würde es schon gehen. Die anderen, allen voran mein Mann, hatten das über die Jahre schamlos ausgenutzt und immer mehr Bequemlichkeiten an den Tag gelegt und ich agierte nicht mehr, sondern reagierte nur noch wie ein Hamster in einem Laufrad. Für mich selber musste ich mir die Zeit stehlen. Die Schlinge wurde immer enger.

Teresa spürte die Anwesenheit ihres Vaters in ihrem Haus jetzt massiv. Ich hatte immer alles so gerichtet, dass jeder sein Leben leben konnte außer mir. Die permanente Anwesenheit des Vaters in ihrem Leben trug auch nicht zum harmonischen Zusammenleben mit ihrem Mann bei und auch die Kinder, obwohl erst 8 und 4 Jahre alt, spürten die Disharmonie. Peter, Teresas Mann kam jetzt immer sehr spät von der Arbeit nach Hause. Auch ihn störte die ständige Anwesenheit des Vaters seiner Frau, aber er tolerierte es, obwohl Norbert sich auch ihm gegenüber als richtiges Ekelpaket verhielt.

Wurde Norbert nicht gefragt, ob man etwas tun darf, konntest du sicher sein, dass er dir Hindernisse in den Weg stellte.
Peter hatte beim Hausbau eine Fuhre Sand auf unseren Grund liefern lassen. Er hatte Norbert nicht gefragt. Und so musste er den Sand auf den eigenen Grund schaufeln, obwohl er niemand im Wege war und er ohnehin in vierzehn Tagen verarbeitet gewesen wäre.

Eva fährt weiter. In Gedanken beschäftigt sie sich mit ihrem bisherigen Leben. Evas Mutter hat in ihrer Tochter eine Konkurrenz gesehen. Im Kindesalter sicher noch nicht, aber als Eva in die Pubertät kam und sich zu einem bildhübschen Teenager entwickelte, regte sich bei der Mutter eine Art Eifersucht, von ihrer Tochter übertroffen zu werden. Sie kaufte für ihre Tochter biedere Kleider, Schuhe die eher zu einer 40jährigen gepasst hätten. Eva fügte sich in alles. Lediglich ihr Vater, wenn er mit ihr einkaufen ging, ließ sie kaufen was sie wollte. Sein Argument war – ich muss es ja nicht anziehen und dir muss es gefallen. Ich kann mich erinnern, dass meine Mutter entsetzt war, als wir mit ein Paar Schuhen nach Hause kamen. Der damaligen Mode entsprechend. Plateauschuhe, kantig, eckig. Für Eva ein Traum.

In jungen Jahren hatte Eva einen Freund der doppelt so alt war wie sie.
Ihre Eltern ärgerten sich sehr, dass sie keinen jungen Freund hatte.
„Das hast du doch nicht nötig. So hässlich bist du ja auch nicht."
Aber ihre Eltern hatten durch Bemerkungen, ob bewusst oder unbewusst, das sei dahingestellt, immer wieder Bemerkungen über ihre Figur, über ihre Weiblichkeit und verschiedene andere Gründe gemacht, sodass sich bei Eva mit der Zeit ein Minderwertigkeitsgefühl entwickelt hatte.
Das wäre aber in keinster Weise notwendig gewesen. Eva hatte ein Gardemaß von 1,82, bei einem Gewicht von 60 kg. Das Gesicht im Goldenen Schnitt, die Gesichtszüge markant aber feminin, Das Ideal für einen Model-Karriere. Eva hatte nichts dergleichen im Sinn. Auch hatte sie, bis zu besagtem älteren Freund keinen Freund. Niemand wollte mit einem derartigen Schönheitsideal enger bekannt sein.
Alle hielten Abstand.

Und dann kam ein junger Mann, Norbert, der ihr

schöne Augen machte, sie hofierte und Eva verfiel ihm. Sie hielt ihn fest, weil sie dachte, keinen anderen Mann mehr zu bekommen. Sie unterwarf sich ihm freiwillig und er nutzte das schamlos aus.

Und so hatte sich über all die Jahre hinweg einiges aufgestaut und jetzt war das Maß wahrscheinlich voll bzw. übergegangen.

Eva ruft Teresa an.

„Ich bin jetzt für ca. eine Woche nicht erreichbar. Ich fahre auf eine Alm und da ist kein Handy-Empfang. Ich melde mich dann wieder."

Eva schaltet ihr Handy aus. Sie geht in den nächsten Handy-Shop und kauft sich ein B-Free-Handy. Nur ihrer besten Freundin Maria, gibt sie die Telefonnummer, sonst niemand. Sie fährt in ihre Ferienwohnung, welche sich in einem Zweifamilienhaus befindet. Im unteren Stockwerk hat ihre Schwägerin eine Wohnung. Diese ist eher ängstlich und deshalb vertraut Eva ihrer Schwägerin an, dass sie für eine Woche hier auf Tauchstation geht, das Haus nicht verlassen will und für niemand erreichbar ist. Das Auto hat sie in die Garage gestellt, sodass nach außen hin, niemand im Haus wohnt. Die Rollläden sind heruntergefahren und kein Licht dringt nach außen.

Eva hat vorsorglich alles eingekauft was man für eine Woche braucht. Am zweiten Tag klopft Heidi an die Türe, nennt ihren Namen, auch weil ich ihr gesagt habe, dass ich niemandem aufmache. Sie wollte sich nach meinem Befinden erkundigen, trinkt einen Kaffee und verlässt mich dann wieder.

Norbert lässt der Gedanke an den Inhalt des Tresors nicht los. Seine Frau darf kein eigenes Leben haben. Sie muss alles offenlegen.

Eva hat vor fünfzehn Jahren mit einer Astrologie-Ausbildung angefangen. Sie wollte Norbert an ihren Kenntnissen teilhaben lassen, aber es kam die Bemerkung – das interessiert mich nicht – und so behielt Eva ihr Wissen für sich.

Norbert geht in der Wohnung auf und ab. Sein Blick ist verwirrt. Er muss wissen, was sich in dem Tresor befindet. Der Tresor ist brandbeständig und einbruchsicher. Eva hat sich für ihre Unterlagen einen besonderen gekauft, weil sie ihre Unterlagen geschützt wissen wollte. Norbert versucht das Schloss aufzubohren. Vergeblich. Ein Schweißbrenner muss her.
Norbert besorgt einen.
Der Tresor wird in den Heizraum gebracht und das Experiment beginnt. Er schweißt und schweißt.

Norbert läutet bei Teresa. Teresa ist entsetzt als sie ihren Vater sieht. Er ist über und über mit Staub bedeckt, der Blick so, als wäre er geistig weggetreten.

„Was machst du denn?"

„Ich schweiße den Tresor auf."

„Und wo?"

„Im Heizraum."

Teresa verschlägt es die Sprache.

„Willst du in die Luft fliegen?"

Norbert gibt keine Antwort.

Nach dem Essen macht sich Norbert wieder an die Arbeit. Endlich, der Tresor ist offen. Teresa muss kommen. Der Inhalt des Tresors wird herausgenommen.

Norbert beginnt laut zu lesen.

„Norbert ist ein Egoist, es ist besser, du wohnst im Dachgeschoss."

Diese und ähnliche Aussagen von Theobald treiben Norbert die Zornesröte ins Gesicht. Es ist alles feinsäuberlich in Klarsichthüllen eingeordnet.

Norbert nimmt die Blätter aus der Hülle und da fallen ihm € 5.000,-- in die Hände.

„Das verbrenne ich jetzt alles."

„Nein" erwidert Teresa. „Vielleicht hat Mama noch mehr Geld da versteckt."

Sie suchen weiter und sie werden fündig.

Eva hat es in der Ferienwohnung sehr gemütlich. Sie telefoniert lange mit Maria und vertreibt sich die Zeit auch noch mit Lesen. Heidi lässt sich nicht mehr blicken. Sie hält sich an die Abmachung.

Norbert nimmt die Unterlagen. Der Tresor ist berstend voll. Eva hat beim Medium über all die Jahre viel nachgefragt. Über Norbert. Über Teresa. Über die Kinder.

Peter, Teresas Mann, ist den ganzen Tag in der Arbeit und so nistet sich Norbert unter Tags bei Teresa ein und liest ihr sämtliche Fragen und Antworten vor. Theobald hat Norbert als Narzisst, als Egoist, als Soziopath beschrieben. Für Norbert eine klatschende Ohrfeige. Auch einige Fragen über Burkhard hat Eva gestellt. Burkhard macht mit ihr gemeinsam die Ausbildung und sie verstehen sich gut.

„Such mir die Adresse von Burkhard heraus, ich fahre zu ihm. Vielleicht ist Mama bei ihm!"

„Das glaube ich nicht." erwidert Teresa.

„Vielleicht ist sie ja in St. Johann."

„Sicher nicht. Da vermutet Mama, dass du als erstes hinfährst."

„Mama ist auf einer Alm, hat sie gesagt. In einer Woche meldet sie sich bestimmt wieder."

An Norbert nagt die Eifersucht. Er sieht in Burkhard einen Rivalen. Betrogen und hintergangen zu werden, wäre für Norbert eine Schmach.

Eva fällt schön langsam die Decke auf den Kopf. Eine Woche kein Sonnenlicht, nur in der abgedunkelten Wohnung. Es ist fast nicht auszuhalten. Eva beschießt einen Ausflug zu machen. Sie fährt planlos

Richtung Kufstein. Dann befindet sie sich plötzlich auf der Autobahn und bei der Ausfahrt ins Zillertal fährt sie kurzentschlossen hinaus. Das Zillertal hat sie ohnehin noch nie gesehen und jetzt genießt sie den Ausflug auch. Es ist ein langgestrecktes Tal und am Ende des Tales befindet sich ein Übergang in den Pinzgau. Bis ganz zum Ende fährt Eva nicht. Sie hält in Maishofen an und geht ein wenig spazieren. Setzt sich in ein Caféhaus und fährt dann wieder Richtung St. Johann. Durch den kleinen Ausflug ist die Stimmung bei Eva wieder etwas gestiegen. Das Eingesperrt sein zerrt schon sehr an den Nerven.

Es ist halb zehn Uhr am Abend. Peter kommt von der Arbeit nach Hause. Norbert würdigt ihn mit einem vernichtenden Blick. Er weiß, dass er jetzt wieder in seine Wohnung zurückgehen muss, was ihm überhaupt nicht passt. Er ist verloren ohne Eva. Er braucht Evas Energie, dass weiß sie von Theobald. Auch in der Nacht zapft Norbert ihr die Energie ab, denn er liegt auf der Seite, wo er der Energieräuber ist, d. h. in der Früh ist er voll aufgetankt und Eva hat einige Anlaufschwierigkeiten, um für den Tag gerüstet zu sein.

Teresa macht einen tiefen Atemzug und ist froh, dass endlich wieder Frieden herrscht. Sie kann all das Gerede schon beinahe nicht mehr ertragen. Jetzt erst merkt Teresa, welchen Puffer ihre Mutter ihnen gegenüber einnimmt. Jetzt kriegt sie Norbert voll ab und mit dem hat sie Mühe, fertig zu werden. Auch steigt die Spannung in ihrem Hause unermüdlich an. Peter, die Kinder und sie selbst sind schon fast an ihren Grenzen angekommen.

Eva meldet sich bei Teresa.
„Hallo Teresa."
„Papa hockt die ganze Zeit bei mir herum, ich halte es fast nicht mehr aus. Wann kommst du wieder?"
„Du kannst ihm sagen, wenn ich wiederkomme und der Safe hat auch nur einen Kratzer, bin ich für immer weg."
Eva beendet das Gespräch.
Sie verlässt die Ferienwohnung und macht sich auf den Weg zu ihrer Mutter.
Dort verbringt sie noch ein paar Tage.
Schließlich vereinbart sie mit Teresa ein Treffen mit Norbert und zwar in Burghausen.

Bei einem der Telefonate mit Teresa fragt diese:
„Mama, was hältst du davon, wenn wir den Safe bei mir im Büro aufbewahren, dann wäre der Streitpunkt nicht mehr sichtbar."
„Ja, ich bin einverstanden."

Am vereinbarten Tag fährt Eva viel zu früh von ihrer Mutter weg. Sie ist sehr nervös. Sie weiß nicht, was auf sie zukommt. Sie fährt noch ein paar Runden im Kreis. Schließlich stellt sie das Auto am Parkplatz ab und macht sich auf den Weg zur Burg.

Norbert hat sich für das Treffen neu eingekleidet. Auch hat er sich eine Jean mit aufgepolstertem Hinterteil gekauft. Im Alter verändert sich die Figur etwas und da hat eben die Eitelkeit wieder Oberhand bekommen. Das Äußerliche ist extrem wichtig. Außen hui. Diese Devise war immer Norberts Leitspruch.

Auch Norbert ist viel zu früh am vereinbarten Platz. Eva sieht schon von der Ferne Norbert auf und ab gehen. Jetzt hat auch er sie entdeckt. Eva verlangsamt etwas den Schritt. Die unterschiedlichsten Gefühle machen sich in ihr breit. Die beiden kommen sich immer näher.
Norbert lächelt, Eva bleibt ernst.
Beide haben sie in der Zeit einiges Gewicht verloren. Eva ist nur noch ein Schatten ihrer selbst.
„Hallo."
„Hallo."
„Hast du dich neu eingekleidet."
„Ja, ich wollte für dich gut ausschauen."
Da spricht der alte Norbert, eitel und auf Äußeres sehr bedacht.
Sie gehen gemeinsam ein Stück spazieren.
„Teresa hat gesagt, du würdest mir die Meinung sagen. Ich muss eh akzeptieren, was du sagst, denn sonst kommst du ja nicht nach Hause."
„So, sagt sie das."

„Also ich will nichts Außergewöhnliches. Ich möchte nur einen gewissen Freiraum haben. Meine Kurse machen. Das ist eh schon alles."

„Das verspreche ich."

„Kommst du mit nach Hause."

„Ja."

„Ich fahre dir vor."

„Ich kenne den Weg selber."

Also fährt jeder mit dem Auto in das gemeinsame Haus.

Teresa ist ihrer Mutter gegenüber etwas reserviert. Norbert hat mit ihr die ganzen Fragen und Antworten durchgearbeitet und da waren auch einige Fragen über die Kinder. Teresa sollte das nicht erfahren, denn die Fragen waren nur für Eva wichtig. Z. B. welche Talente die Kinder hätten, worauf man aufpassen sollte, gesundheitlich, welche Seelenverbindung sie zueinander haben.

„Ich habe dir verboten über die Kinder abzufragen."

„Es war für mich wichtig. Ja und ich werde nichts mehr fragen."

„Ich bin enttäuscht und es wird wieder einige Zeit dauern, bis ich dir wieder vertrauen kann."

Die Enkelkinder dürfen alleine nicht mehr zu Eva. Aber die Kinder lieben ihre Oma sehr.

Norbert bemüht sich, aber er spielt den Überfürsorglichen. Eva ist das alles zu viel, aber sie wehrt sich nicht.

Teresa kann Geheimnisse nur sehr schwer behalten.
„Ich bin immer die Blöde, wenn ich dir etwas sage,
ist Papa auf mich böse, wenn ich es dir nicht sage,
bist du auf mich böse."
„Was soll das sein? Du kannst es mir ruhig
anvertrauen, ich bin dir nicht böse."
„Sicher nicht?"
„Nein."
„Papa hat den Safe aufgeschweißt, den Inhalt
gelesen und jetzt hat er einen neuen Tresor gekauft,
kann ihn aber nicht einstellen. Der neue Tresor steht
jetzt bei mir und ist aber leer."
Mir verschlägt es die Sprache.
Teresa bin ich nicht böse. Sie kann sich gegen Papas
Machenschaften nicht wehren. Ich verspreche, ihr
Geheimnis für mich zu behalten.

Evas Zahnarzttermin steht bevor. Sie hat um 8.00
Uhr einen Termin. Eine Krone muss erneuert
werden. Es würde den ganzen Tag dauern, da die
Krone in der Früh entfernt werden würde und am
Nachmittag würde die neue Krone angepasst
werden. Für Mittag hat Eva sich mit Hermi im Cafe
Fingerlos verabredet, einer sehr guten alten
Bekannten, mit der sie sich ab und zu trifft um ein
wenig zu philosophieren. In der Früh, kurz bevor Eva
losfährt, fragt Norbert:
„Wir könnten uns doch mittags zum Essen treffen."
Meine Antwort:
„Ich treffe mich mit Hermi."

„Dann könnten wir uns ja nach dem Zahnarzttermin treffen."

„Ja, kein Problem, ich rufe dich an, wenn ich fertig bin."

Also fahre ich los.

Hermi und ich haben uns viel zu erzählen. Auch erzähle ich ihr, wie sehr Norbert mich kontrolliert, und dass ich kaum noch Luft zum Atmen bekäme.

Es ist ein sehr angeregtes Gespräch und danach verlasse ich guter Dinge das Caféhaus.

Nachdem ich meine Krone bekommen habe, rufe ich Norbert an und frage ihn wo wir uns treffen können.

„Ich bin schon auf den Weg nach Hause. Wir sehen uns zuhause."

„Ja, in Ordnung. In ca. einer Stunde bin ich zuhause."

Norbert wartet schon auf mich.

„Ich war zweimal in der Schatz-Konditorei, und du warst nicht da."

Norbert weiß, dass die Schatz Konditorei mein Lieblingscafé ist und wann immer es möglich ist, besuche ich dieses Caféhaus.

„Ich habe mich mit Hermi im Fingerlos verabredet. Aber das hab ich dir doch gesagt."

„Wahrscheinlich habe ich es überhört."

Norbert sitzt auf dem Sofa und ich auf der zweisitzigen Couch.

Ich denke nach.

„Was denkst du" ist seine Frage.

„Ich glaube, Teresas Kinder werde ich jetzt auch eine Zeit lang nicht sehen, sie wird sie mir verweigern.

„Das wird schon wieder."

Bei diesen Worten steht Norbert auf und setzt sich zu mir.

Plötzlich, ganz unverhofft, schlägt er auf mich ein und brüllt:

„Du hast mein Leben zerstört."

„Spinnst du" schreie ich zurück.

Ich will aufstehen, aber Norbert drückt mich zurück auf das Sofa.

Ich schreie. Er hält mir den Mund zu und brüllt mich an

„Keinen Mucks." Und schlägt wieder auf mich ein.

Ich möchte mich aus seiner Umklammerung befreien, aber das gelingt mir nicht, sein Griff ist wie eine Stahlschraube. Ich will mich wieder befreien und erheben, aber da prasseln die nächsten Schläge auf mich ein. Er schlägt mir ins Gesicht, auf den Rücken, in den Bauch, ich spüre gar nichts mehr. Die Zeit spielt keine Rolle mehr. Ich fühle nichts mehr. In mir ist alles taub, Weiterleben oder sterben, es ist nicht mehr wichtig. Für mich hat es aufgehört.

Plötzlich zieht mich Norbert empor und brüllt mich an:

„So jetzt erschieße ich mich und du schaust zu."

Er dirigiert mich ins Bad greift in den

Badezimmerschrank hinter die Handtücher und holt ein paar Seile hervor.

Meine Gedanken überschlagen sich. Wieso ist das alles parat.

Er fesselt mich. Dann greift er in den Spiegelschrank, holt einen Pfefferspray hervor und sprüht ihn mir ins Gesicht

„Ich habe auch so etwas, nicht nur du."

Den Pfefferspray hat Norbert mir eingeredet, ich solle ohne diesen nicht mehr das Haus verlassen. Seine Paranoia wollte er auf mich übertragen.

Norbert stellt den Pfefferspray auf das Waschbecken, ich kann aus den Fesseln herausschlüpfen, ergreife den Pfefferspray und sprühe ihn Norbert auch in das Gesicht. Er rastet aus. Er schlägt mich wieder, sodass ich rückwärts in die Badewanne falle. Ich falle in eine Schockstarre.

Plötzlich beginne ich zu zittern und mein Körper bewegt sich auf und ab. Es schmeißt mich in die Höhe, ich kann gar nichts dagegen machen. Das Zittern hört nicht auf. Dann falle ich in Ohnmacht.

Ich komme wieder zu mir, Norbert hat mich mit einer Decke zugedeckt, aber die Kälte ist immer noch da. Die Augen halte ich geschlossen. Und dann beginnt es von vorne. Mein Körper ist willenlos. Er bewegt sich wieder auf und ab. Ich habe das Gefühl, von einer fremden Macht immer wieder in die Höhe gezogen zu werden und wieder in die Badewanne zurückgeworfen zu werden. Die Kontrolle über meinen Körper habe ich verloren. Es scheint so, als befände ich mich in einem nicht irdischen Zustand. Die Realität hat sich entfernt.

Schritte nähern sich. Ich spüre Norberts Blick auf mir, obwohl meine Augen geschlossen sind. Plötzlich berührt etwas Hartes meinen Hals. Ich spüre eine Rundung. Das Gewehr. Norbert setzt mir das Gewehr an den Hals. Für ein paar Sekunden. Es kommt mir vor wie eine Ewigkeit. Aber es ist nicht wichtig. Es ist egal. Ich habe aufgehört, mir über irgendetwas Gedanken zu machen. Mein Zustand ist schwerelos, als ob eine andere Dimension von mir Besitz ergriffen hätte. Die Bewusstlosigkeit kommt zurück.

Plötzlich spüre ich, wie ich hochgehoben werde. Norbert hebt mich aus der Badewanne und trägt mich zum Bett. Ich wiege 60 kg und dieses Gewicht hochzuheben und zu tragen, bedarf bei einem 67jährigen Mann auch gewisser Kräfte, welche man nur in der Lage ist zu entwickeln, wenn man sich in einem Ausnahmezustand befindet.

Im Bett halte ich die Augen geschlossen. Ich höre wie Norbert die Treppen auf und ab geht, sich einen Kaffee kocht. Er kontrolliert die Türen und ich höre wie er die Türen verschließt. Er stellt sich einen Stuhl neben mein Bett, setzt sich darauf und ich spüre seine Blicke auf mir. Es ist einfach nur unheimlich. Seine weiteren Reaktionen kann ich nicht abschätzen. Er steht wieder auf. Ich blinzele, das Gewehr hält er fest in der Hand. Eine weitere Tasse Kaffee muss her. Die Unruhe, welche von Norbert ausgeht, ist förmlich zu spüren. Ich rühre mich nicht. Ich bleibe immer in der gleichen Lage liegen. Es fällt mir auch sehr schwer meine Lage zu verändern, denn die Schmerzen sind fast unerträglich. Jede kleinste Bewegung verursacht höllische Schmerzen.

Gegen Morgen, ich merke es am Tageslicht, ist Norbert im Erdgeschoss. Ich hatte bemerkt, dass an der Schlafzimmertüre ein Schlüssel steckt.
Meine Gedanken überschlagen sich.
Schaffe ich es zur Tür zu kommen und zuzusperren. Die Schmerzen sind fast unerträglich. Die kleinste Bewegung verursacht höllische Schmerzen. Mir bleibt keine Wahl. Ich muss es versuchen. Ich horche. Da kommen die Schritte wieder die Treppe herauf. Er kommt zu mir ins Schlafzimmer und ich spüre wieder die beobachtenden Blicke auf mir. Als er sich sicher ist, dass ich mich ruhig verhalte, geht er wieder von dannen. Erneut setzt sich die Kaffeemaschine in Betrieb.

Nach einer Weile geht Norbert wieder die Treppe hinunter. Sehr langsam. Jetzt oder nie, ist mein Gedanke. So schnell es in meinem Zustand geht, stehe ich auf, schließe die Türe und drehe den

Schlüssel herum.

Die Schritte kommen über die Treppe heraufgestürmt, die Türe fliegt aus den Angeln durch einen kräftigen Tritt. Der Schreck fährt mir in die Knochen. Ich stehe regungslos da. Das ist das Ende, ist mein Gedanke.

„Leg dich ins Bett." Die Anweisung ist wie ein Befehl. Es ist hoffnungslos. Ich bin gefangen und ein vom Wahnsinn erfasster Mann hat Macht über mich.

Niemand weiß wie es mir geht. Schließlich wohnen Norbert und ich alleine im Haus. Teresa war schon ausgezogen und wohnte mit ihrer Familie im Nachbarhaus. Mein Telefon befindet sich in einem anderen Zimmer. Für mich unerreichbar. Norbert kontrolliert regelmäßig ob ich noch im Bett liege und durch meine Verletzungen hätte ich zu meinem Telefon sicher fünf Minuten benötigt, obwohl es nur fünf Meter entfernt lag. Es ist ein Ding der Unmöglichkeit.

Die Zeit scheint stehen zu bleiben, aber am Morgen läutet das Telefon. Teresa teilt Norbert mit, dass der Rauchfangkehrer bei ihr sei und dann zu uns käme. Norbert wird ganz still. Nach einer Weile

„Kann man diesen Termin nicht verschieben."

„Nein, er ist extra wegen uns hergefahren,"

Norbert wird sehr nervös.

Er setzt sich zu mir ans Bett.

„Wenn du einen Mucks von dir gibst, erschieße ich

mich. Ich sperre dich jetzt ein."

„Bitte nicht zusperren."

Fast flehentlich sagt er zu mir: „Das muss ich tun."

Norberts Gedanken überschlagen sich.

Was habe ich getan. Das bringt mich ja ins Gefängnis. Wenn Eva schreit, habe ich keinen Ausweg mehr.

Ich wage nicht mich zu rühren. Selbst das Atmen versage ich mir fast, um ja nicht die Aufmerksamkeit vom unteren Stock auf mich zu lenken.

Das Gerede dringt bis zu mir herauf. Nach einer kleinen für mich empfundenen Ewigkeit kommt Norbert wieder die Treppe empor.

„Danke, dass du dich so ruhig verhalten hast."

Dieser Mann ist nicht mehr mein Mann. Dieser Mann ist wahnsinnig.

Ich liege im Bett und rühre mich nicht mehr, selbst die leiseste Bewegung ist ausgesprochen schmerzhaft.

„Hast du Durst" fragt Norbert.

„Nein". Ich wollte nur meine Ruhe.

„Kann ich dir etwas bringen".

„Nein".

Nach einiger Zeit regt sich bei mir ein Bedürfnis, die Blase war, trotzdem, dass ich sehr wenig getrunken hatte, voll. Norbert sitzt im Wohnzimmer, ich mühe

mich aus dem Bett, was durch meine Schmerzen sehr mühsam war. Kaum hatte ich mich bewegt, steht Norbert da und meint
„ich helfe dir",
Er weicht nicht von meiner Seite bis ich die Notdurft verrichtet hatte und begleitet mich zurück ins Bett. Ob es aus schlechtem Gewissen, Überwachung, Fürsorge ist, kann ich nicht erkennen. Für mich ist es Horror pur.

Dann höre ich das Telefon läuten. Teresa meine Tochter, ist am Apparat.
„Hast du etwas Milch für mich",
„Ja, ich bringe sie dir hinunter." Ist Norberts Antwort. Norbert lässt Teresa nicht bei der Haustüre herein. Er wimmelt sie ab.
Teresa geht mit gemischten Gefühlen nach Hause. Wenn Teresa irgendetwas benötigte, brachte es ihr immer ihre Mutter. Ihr Vater hat ihr noch nie etwas gegeben.

Meine Mutter ist eine sehr spürige Frau. Nachdem sie mich telefonisch nicht erreichen konnte, versucht sie ihr Glück bei Teresa.
„Teresa, deiner Mutter geht es nicht gut, es ist etwas passiert."
„Was soll denn passiert sein?"
„Du gehst jetzt hinüber und schaust nach."
Meine Mutter kann sehr nachdrücklich sein, wenn sie ein ungutes Gefühl hat.

Teresa befolgt die Anweisung meiner Mutter.

Sie erfindet eine Ausrede und will sich noch etwas ausleihen.

Wieder bringt Norbert ihr die Sachen.

„Ist mit Mama alles in Ordnung. Hast du ihr etwas getan?"

„Nein, sie ist die Treppe hinuntergestürzt und hat ein paar blaue Flecken. Sie hat sich niedergelegt."

„Lügst du mich auch nicht an?"

„Was glaubst du denn!" entrüstet sich Norbert.

Teresa geht nach Hause.

Sie ruft meine Mutter an, um ihr zu berichten. Meine Mutter lässt nicht locker und meint „Geh hinüber und überzeuge dich selbst."

Auch Teresa hat sich inzwischen Gedanken über das merkwürdige Verhalten ihres Vaters gemacht.

„Papa, ich möchte gerne Mama besuchen."

„Wart, du kannst selber mit ihr reden."

„Mama, geht's dir gut, hat Papa dir etwas getan."

„Es ist alles in Ordnung."

„Kann ich rüberkommen."

„Besser wäre, wenn du morgen kommen würdest."

„Bist du sicher?"

„Ja."

Die Berichterstattung an meine Mutter erfolgt umgehend,

Mama ist sehr beunruhigt.

Sie spürt beinahe selber die körperlichen Schmerzen die ich habe.

Am nächsten Vormittag kommt Teresa mit der ganzen Familie zu Besuch. Alle kommen zu mir ins Schlafzimmer und stehen um das Bett herum. Die Kinder sind verunsichert. Sie spüren, dass etwas nicht in Ordnung ist, können es aber nicht zuordnen. Teresa setzt sich zu mir auf den Bettrand.
„Wie geht es dir?"
„Gut."
Ich habe im Schlafzimmer eine Sonnenbrille auf, und Norbert hat mir Anweisung gegeben, sie nicht abzunehmen. Ich bin im ganzen Gesicht blaugrün von den Schlägen, die er mir zugefügt hatte. Norbert steht in der Tür und beobachtet alles mit Argusaugen.
„Oma, hast du ein Eis?" fragt Sarah. Sarah ist drei Jahre alt und immer, wenn sie bei Oma ist, bekommt sie etwas Süßes, sofern die Tagesration, von Teresa vorgegeben, noch nicht erreicht war.
„Später." antwortet Opa.
„Welches Eis hast du denn? Kann ich einmal schauen?"
„Später."
„Komm, Opa, lass uns nachschauen."

Sarah nimmt Norbert bei der Hand und sie gehen zum Tiefkühlschrank. Norbert ganz widerwillig, er hat die Szene nicht mehr unter Beobachtung.

„Soll ich die Polizei verständigen?" fragt Teresa.

Ich nehme die Brille ab, ungewollt. In diesem Augenblick sagt Peter:

„Treppe hinuntergefallen, haha. Da bekommt man ja diese Flecken, genau an dieser Stelle."

All das wurde im Flüsterton gesprochen, damit nichts in das untere Stockwerk dringt.

„Teresa, misch dich bitte nicht ein, sonst passiert noch ein Unglück. Ich schaffe das schon."

Ich setze die Sonnenbrille wieder auf.

„Schau, Mama, was für leckeres Eis ich bekommen habe."

Norbert schaut wieder mit Argusaugen in die Runde. Man merkt, es ist ihm gar nicht recht, dass er einen Teil des Gespräches versäumt hat.

„Mama, brauchst du etwas?" fragt Teresa so neutral wie möglich.

„Oma, hat mich schon ein paar Mal angerufen, weil sie dich nicht erreichen kann."

„Wieso?" fragt Norbert ganz aufgeregt.

„Mama, telefoniert doch jeden Tag mit Oma."

„Wirklich. Dann ruf sie doch gleich an."

„Nein, später."

Norbert bringt mir trotzdem das Telefon.

„Ruf an."

„Nein, später."

Norbert wirkt nervös.

„Wir kommen morgen wieder."

„Okay."

Die Kinder gehen wieder.

Norbert drängt mich meine Mutter anzurufen.

Ich wehre mich. Ich kann jetzt nicht, ich muss mich jetzt ausruhen. Ich lege mich wieder flach aufs Bett, was mir große Schmerzen bereitet. Der ganze Körper ist wahrscheinlich blau. Hinten sehe ich mich ja nicht. Das Umdrehen im Bett bereitet mir große Schmerzen, ebenso das Aufstehen.

Ich versuche zu schlafen, besser gesagt ich stelle mich schlafend. Ich kann den lauernden Ausdruck in Norberts Augen kaum ertragen.

Nach einiger Zeit nehme ich das Telefon und will meine Mutter anrufen. Kaum habe ich das Telefon in der Hand, steht Norbert in der Türe und beobachtet mich. Ich rufe trotzdem an,

„Hat er dir was getan?" ist die Begrüßung meiner Mutter.

„Nein."

„Kannst du nicht reden. Ich spüre, dass etwas nicht in Ordnung ist."

„Passt schon, ich bin die Treppe hinuntergefallen. Ich kann jetzt nicht so reden, ich habe große Schmerzen. Ich ruf dich morgen wieder an."

„Soll ich die Polizei rufen."

„Bis morgen."

Ich lege auf.

Evas Mutter ist hin und hergerissen. Einerseits möchte sie die Polizei informieren, andererseits weiß sie nicht, welche Katastrophe sie mit ihrer Aktion auslösen würde. Sie spürt förmlich Evas Schmerzen. Auch mit Franz kann sie darüber nicht reden. Der hätte sich sofort ins Auto gesetzt und Norbert zur Rechenschaft gezogen.

Meine Blase meldet sich. Es kann nicht mehr warten. Also schäle ich mich aus dem Bett. Norbert steht da, unterstützt mich beim Aufstehen. Am liebsten würde ich ihm einen Fußtritt versetzen. Jede seiner Berührungen ist für mich ein Schlag ins Gesicht. Ich kann es kaum ertragen. Dann führt er mich auch noch bis zur Toilette. Ich dachte schon, er würde neben mir stehen bleiben, aber dem Himmel sei Dank, er geht hinaus. Kaum habe ich die Spülung gedrückt, steht er schon wieder da und begleitet mich wieder zum Bett. Er setzt sich zu mir auf den Bettrand und fragt mit mitfühlender Stimme.
„Geht es dir halbwegs gut. Kannst du mit dem Arztbesuch warten, bis alles wieder abgeklungen ist?"
„Ja, das geht schon. Aber ich möchte jetzt einmal allein sein, um alles verarbeiten zu können. Kannst du nicht ein paar Tage wegfahren?"
Früher hatte Norbert immer wieder Phasen gehabt, wo er für ein paar Tage verschwunden war und mir nicht gesagt hatte, wo er hinfährt. Das habe ich erst im Nachhinein erfahren. Dieses Szenario erlebte ich 3, 4, 5mal pro Jahr.
„Ja, ich fahre morgen."

Meine Sehnsucht nach morgen wächst ins Unermessliche.

Norbert schläft wieder im Wohnzimmer auf der Couch. Die Türen sind aber offen.
Am nächsten Morgen schleicht Norbert zu mir ins Schlafzimmer und meint:
„Morgen habe ich einen Termin in Salzburg, ich fahre doch erst morgen."

Mir wird ganz schlecht bei dem Gedanken, ihn noch einen Tag länger ertragen zu müssen.
Tapfer sagte ich „okay."
Norbert fragt mich jede halbe Stunde ob ich etwas zu essen oder zu trinken möchte. Führt mich wieder bis zur Toilette und wieder zurück.

Teresa besucht mich und auch Oma rufe ich an.
Ich bin wie ein Roboter und erfülle meine „Pflichten".
Am nächsten Morgen meint Norbert:
„Ich fahre jetzt, ich bleibe dann eine Woche in St. Johann."
„Ja, ist in Ordnung."
„Aber wie kommst du alleine zurecht. Du kannst dich ja kaum bewegen?"
„Das geht schon."
Norbert geht mit gebückten Rücken zur Tür und im Hinausgehen sagt er noch
„und übrigens deinen Safe habe ich auch

aufgeschweißt. Ich habe einen neuen gekauft, damit du nichts merkst. Aber ich konnte ihn nicht programmieren."

Das wusste ich schon von Teresa, aber ich spiele die Überraschte.

Ein Feigling, ein Diktator, ein Arschloch, dachte ich bei mir.

Die Haustür wird zugesperrt und ich bin allein.

Ich atme tief durch. Endlich. Die Überwachung, die Folter hatte ein vorläufiges Ende.

Ich mache es mir auf der Couch bequem, schalte den Fernseher ein und döse schließlich ein.

Gegen Mittag läutet das Telefon.

„Soll ich dich wirklich alleine lassen, ich könnte dir helfen."

„Ich möchte alleine sein, fahr du bitte, ich muss über einiges nachdenken."

Teresa kommt herein.

„Mama, du musst zum Arzt gehen, du weißt nicht, ob du innere Verletzungen hast. Ich mach einen Termin aus."

Ich lasse Teresa gewähren.

„Heute um 18.00 Uhr nach der Ordination können wir kommen."

Am späten Nachmittag ruft Norbert wieder an und fragt wie es mir geht.

Nach dem Telefonat holt mich Teresa ab und wir fahren zum Hausarzt.

Die Ärztin untersucht mich gründlich, kann nicht fassen, was mir passiert war, denn alle kennen Norbert als beherrschten Mann.

Innere Verletzungen habe ich keine. Die Ärztin meint nur

„**Soll ich gleich die Polizei verständigen**. Dann bekommt er Betretungsverbot. Die nächsten 14 Tage darf es sich nicht dem Wohnort nähern und wahrscheinlich sperren sie ihn ja ohnehin sofort ein."

Nach 43 Jahren Ehe wollte ich mir Bedenkzeit nehmen und meinte ich würde mich morgen melden.

Ich dachte über die 43 Jahre nach.

Meine Mutter hatte einmal zu mir gemeint und dieser Satz prägte sich in mein Gehirn ein „ein Mann hat ja immer recht" und eine zweite Äußerung hatte sie auch noch gemacht „So hässlich bist du ja gar nicht, dass du keinen Mann bekommst".

Also ich hatte Norbert kennengelernt und den wollte ich behalten.

Meine Mutter hatte mir nie gesagt, dass ich eine begehrenswerte, hübsche Frau wäre und so fühlte ich mich als hässliches Entlein.

Norbert war für mich der Inbegriff eines Mannes.

Er sah gut und männlich aus, hatte gute Manieren, einen guten Beruf. Ich war im 7. Himmel. Wir hatten viel Spaß, trafen Freunde und das Leben war einfach nur schön.

Einen Knick bekam die ganze Angelegenheit, als wir das erste Mal mit einem Segelboot unterwegs waren. Das Wetter war schön. Eine leichte Brise wehte, genau richtig, um schön Fahrt zu machen. Plötzlich ein Knall und das Großsegel landete auf dem Deck. Ich unter dem Segel begraben. Norbert befand sich zu diesem Zeitpunkt auf dem Vordeck.

Er schrie

„Du bist schuld."

Ich schälte mich unter dem Großsegel hervor. Keine Frage nach meinem Gesundheitszustand, keine Frage ob ich verletzt wäre, nur ich sei schuld.

„Wieso sollte ich schuld sein."

Keine Antwort.

„Du hast das Großsegel gehisst, nicht ich."

Keine Antwort.

Als ich ihn später noch einmal darauf angesprochen habe, hatte sich seine Meinung nicht geändert. Ich wäre schuld. Seit diesem Zeitpunkt war Norbert der Alleskönner und ich konnte sicher sein, wenn etwas nicht funktionierte, lag der Fehler und die Schuld bei mir.

Nach der Untersuchung fahren meine Tochter und ich nach Hause. Teresa will, dass ich bei ihr im Haus schlafe, aber ich will nicht. Ich gehe nach Hause und denke über die letzten Tage nach. Darüber schlafe ich ein.

Am nächsten Morgen steht mein Entschluss fest. Ich werde das Haus verlassen und nicht wieder zurückkehren. Das teile ich meiner Tochter mit. Deren Schwiegereltern sind gerade zu Besuch und die meinen, auch die Kinder mit deren Kindern sollen mich begleiten, da es ja ungewiss wäre, wie Norbert reagieren würde, wenn ich nicht mehr zuhause wäre und die Kinder schon. Theobald versichert mir dann auch noch, dass er überlegt, früher nach Hause zu kommen.

Ich verstecke mein Auto im Stall, bei den Schwiegereltern meiner Tochter, damit, sollte Norbert vorzeitig nach Hause kommen, er mir nicht den Fluchtweg abschneiden könnte.
Gesagt, getan.

Ich packe alles, von dem ich denke es gebrauchen zu können in zwei Koffer, nehme mein ganzes Geld, Gold und den Schmuck mit und will mir, sollte ich mit meiner Pension nicht über die Runden kommen, eine Arbeit suchen. Ich verabschiede mich von meinem Zuhause und die Kinder und ich fahren los. Teresas Schwiegereltern haben sich eingefunden und versprechen, die Tiere zu versorgen. Mein Bruder ist gekommen um ja sicher zu gehen, dass ich sicher mein Zuhause verlassen könnte.
Ein letzter Blick und die Reise in eine ungewisse Zukunft kann beginnen.

Zuerst fahre ich allein mit dem Auto. Nach kurzer Zeit deutet mir Teresa anzuhalten, weist mich an auf den Beifahrersitz zu wechseln, damit ich mich noch schonen könnte und wir fahren weiter.

Unser erstes Ziel ist eine Bank, wo ich ein Schließfach nehme, um alle meine Wertgegenstände dort sicher verwahren zu können. Auch die beiden Pistolen, welche ich auf Drängen meines Mannes gekauft hatte, verwahre ich dort.

Dann geht die Reise weiter, ziellos. Am Abend landen wir in Engelhartszell. Dort nehmen wir uns Zimmer.

Ein großes für meine Tochter und deren Familie und für mich ein Einzelzimmer.

Es ist erst März, Hotels sind noch die meisten zu und auch Restaurants sind Mangelware. Wir finden ein Café und dort bekommen wir auch eine Kleinigkeit zu essen.

Bei mir ist aber während der Fahrt der Entschluss gereift, ich muss eine Anzeige machen, da ich sonst nie Ruhe finden würde. Dies teile ich meinen Kindern mit und mache mich auf die Suche nach einer Polizeistation.

Ich mache eine komplette Aussage und dieser Bericht wird zur Polizeistation nach Eggelsberg gesendet, da ich dort zur Zeit gemeldet bin und von dort weiter nach St. Johann.

Norbert hat sich in St. Johann eingerichtet und ist

sich sicher, dass seine Frau nichts unternehmen würde, was sich gegen ihn richten würde.

Die Glocke läutet, Heidi, die Nachbarin, die das erste Obergeschoss bewohnt, öffnet die Haustüre und vier Polizisten, mit gezogener Pistole stürmen die Treppe herauf. Zwei von ihnen bleiben vor Heidis Wohnungstüre stehen. Die zwei anderen rennen in das nächste Stockwerk. Die Wohnungstüre ist verschlossen. Norbert ist nicht zuhause.
„Wo ist Herr Steiner?" fragen die Polizisten Heidi.
„Keine Ahnung, vielleicht zum Essen gegangen."
Sie warten. Keine fünf Minuten später kommt Norbert nach Hause.
Heidi sagt zu ihm „Du hast Besuch."
„Ja, ich sehe es."
Die Handschellen klicken. Norbert wird in den Polizeiwagen verfrachtet und zur Polizeistation gebracht. Das übliche Prozedere beginnt. Fotos werden angefertigt, die Fingerabdrücke genommen. Norbert wird wie ein Schwerverbrecher behandelt. Er wird in den Verhörraum geführt und die Befragung beginnt.
„Warum haben sie ihre Frau geschlagen?"
„Meine Frau ist in einer Sekte und ich wollte sie da herausholen."
Norbert sitzt da und sein Blick ist so unschuldig, wie das eines neugeborenen Kindes.
„Und da mussten sie handgreiflich werden?"
„Sie hat nicht mehr auf mich gehört."

„Wir haben von der Polizeistation Eggelsberg einen Anruf bekommen, da hat ihre Frau die Situation so geschildert, dass sie sie geschlagen, mit dem Gewehr bedroht, gefesselt und eingesperrt haben."

„Ja, aber nur weil sie in einer Sekte ist."

Das Wort Sekte lässt bei den Polizeibeamten Milde walten und sie lassen Norbert gehen.

„Naja, wir haben ja jetzt ihre Daten. Den Zentralschlüssel lassen sie hier. Sie können jetzt gehen."

Norbert und Eva haben eine Schlüsselanlage, die sowohl die Türen in St. Johann als auch alle Türen im oberösterreichischen Wohnhaus sperren.

„Ja, wo soll ich jetzt hin?"

„Haben Sie keinen Schlüssel, nur für die Wohnung im Dachgeschoss?" fragte der Polizeibeamte.

„Meine Schwägerin hat einen."

„Ja, dann holen sie sich den jetzt."

Somit war Norbert entlassen und durfte die Polizeistation verlassen.

Kaum draußen bei der Tür, ruft er seine Frau an.

Bei Eva läutet das Telefon.

Sie ignoriert das Läuten. Sie will unter keinen Umständen mit Norbert telefonieren.

Norbert glüht vor Zorn. Er kann es nicht fassen. Seine Frau, die ihm immer wieder aus jeder Situation herausgeholfen hatte, verpfeift ihn. Oft genug hatte er ihr eingetrichtert, familiär sollte nichts nach draußen dringen. Bis jetzt hatte Eva sich immer an seine Anweisungen gehalten. Doch in diesem Fall nicht. Dass er zu weit gegangen wäre, kommt ihm nicht in den Sinn.

Eva war in seinen Augen ein gefügiges Wesen, was man schikanieren, herumschubsen konnte und die immer alles tat und tut, was man ihr sagte. Es scheint fast so, als hätte die Gehirnwäsche, die Norbert mit ihr gemacht hatte, auch diesmal funktioniert. Aber diese Misshandlung war eindeutig der Tropfen, der das Fass zum Überlaufen brachte.

Eva war aufgewacht.
Sie hatte begriffen, dass die „Sekte" wie Norbert es nannte, sie darauf aufmerksam gemacht hatte, wie ein Mensch zu behandeln ist und dass die Eigenliebe das wichtigste ist, was ein Mensch besitzen kann.
Eigenliebe wurde in der Beziehung zu Norbert immer als Egoismus bezeichnet, Man musste immer für die anderen da sein und selber hatte man seine Wünsche zurück zu stellen. Das galt allerdings nur für Eva, den Sklaven.

Norbert versucht noch einmal Eva zu erreichen. Diese hatte ihr Telefon abgeschaltet und war schon im Träumeland.

Norbert kehrt in seine Wohnung zurück. Die Polizei hatte ihm den Zentralschlüssel abgenommen und somit klingelt er jetzt bei Heidi um sich den

Wohnungsschlüssel für den zweiten Stock geben zu lassen. Norbert betritt die Wohnung. Er schaut finster drein. Eva einzuschüchtern war ihm also nicht geglückt. Sie hatte sogar die Polizei verständigt. In Norberts Augen ein Fauxpas. Sowas macht man nicht. In der eigenen Familie erträgt man alles.

Norbert geht in der Wohnung auf und ab. Er weiß, jetzt wird es eng.

Die Taten sind keine Kavaliersdelikte mehr. Er sieht sich in der Wohnung um.

Mit Tabletten hatte er es schon einmal probiert. Das hatte nicht funktioniert. Da sieht er das Küchenmesser. Pulsadern aufschneiden. Das wäre eine Option. Er setzt das Messer an. Es blutet. Aber das Blut stockt sogleich wieder. Der Schnitt ist nicht tief genug. Norbert wischt das Blut vom Boden weg. Seine Gedanken kreisen. Wie komme ich aus der Misere heraus. Norbert schwelgt in Selbstmitleid. Er weiß, am Morgen kommen die Polizisten wieder und holen ihn. Der schriftliche Bericht war noch nicht in St. Johann angekommen. Aber am nächsten Morgen würde er da sein und dann würde ihn die Polizei abholen und dann wäre ihm die Gefängniszelle sicher.

Norbert bedauert das Vorgefallene in keinster Weise, lediglich vor dem Gesichtsverlust hat er Angst. Kein Bedauern. Nur sein Bild in der Öffentlichkeit wäre zerstört.

Norbert blickt düster vor sich hin. Was tun. Tabletten funktioniert nicht, Pulsadern aufschneiden, ebenfalls nicht.

Norbert schaut aus dem Fenster. Unten geht eine asphaltierte Straße vorbei.

Die Entscheidung fällt ihm schwer. Er holt sich einen Hocker, stellt ihn vor das Fenster. Er weiß, es gibt keinen anderen Ausweg. Aber die Furcht vor dem Sprung sitzt ihm im Nacken. Er wartet und wartet.

Die Sonne geht auf. Jetzt muss die Entscheidung fallen. Er steigt auf den Hocker, beugt sich zum Fenster hinaus und lässt sich mit dem Kopf voraus fallen. In seiner Not hält er sich am Efeu, der am Haus emporwächst fest und schreit laut „Hilfe, Hilfe". Ein dumpfer Aufprall, Norbert liegt auf der Straße. Die Nachbarn haben die Schreie gehört und eilen herbei. Norbert lebt. Er ist schwerverletzt. Es wird sofort der Notdienst verständigt, welcher auch sehr rasch zur Stelle ist.

Am nächsten Morgen beschließen Teresa und Eva, nach Ried ins Spital zu fahren. Eva will sich untersuchen lassen. Sie sind schon ein Stück mit dem Auto gefahren, als plötzlich ein Anruf kommt.

Eine Nachbarin aus St. Johann ruft an. Eva will den Anruf nicht entgegennehmen. Aber wie durch Zauberhand, ist die Frau plötzlich in der Leitung.

„Dein Mann ist aus dem Fenster gefallen!" schreit sie ins Telefon.

„Er liegt schwer verletzt auf der Straße. Ich habe die Rettung bereits verständigt."

„Ja, gut."

„Du musst unbedingt kommen."

Die Bevormundung geht mir auf die Nerven.

„Ich bin selber die Treppe hinuntergefallen und kann mich nicht bewegen. Ich komme nicht."

Am anderen Ende der Leitung war es für einen Moment still.

„Ja, dann kümmere ich mich halt um alles."

„Wie du meinst."

Ich lege auf.

Teresa sieht Eva an. Eva sieht Teresa an.

„Jetzt könnten wir eigentlich nach Hause fahren und du könntest in Braunau ins Krankenhaus fahren und dich untersuchen lassen. Wenn sie dich behalten, wäre Braunau günstiger."

„Das machen wir."

Teresa wendet das Auto und wir fahren ins Hotel zurück. Dort erwartet uns Peter mit den Kindern. Das Wetter ist sehr trübe und regnerisch, sodass sie auch nicht wirklich einen Ausflug machen konnten.

Viola ist sehr deprimiert. Sie spürt, dass etwas nicht in Ordnung ist. Die ganze Situation ist für sie so unterschwellig und spürbar und sie kann es aber nicht einordnen. Mit ihren acht Jahren.

Teresa nimmt Viola beiseite und erklärt ihr die ganze Situation mit einfachen Worten, dass der Opa die Oma die Treppe hinuntergestoßen hatte. Und dass der Opa im Kopf jetzt etwas verwirrt ist und wir deswegen von zu Hause weg gefahren sind. Mehr braucht sie nicht zu wissen.

Das Telefon läutet wieder. Der Sanitäter ist am Apparat und will von mir die Daten von Norbert wissen. Norbert hat den Sturz überlebt, ist aber schwer verletzt. Norbert will mit mir telefonieren, ich aber verweigere das Gespräch.

Norbert wird ins Krankenhaus Schwarzach gefahren, aber von dort sofort mit dem Hubschrauber ins Unfallkrankenhaus nach Salzburg geflogen. Die Verletzungen sind zu schwer und das Krankenhaus Schwarzach ist darauf nicht eingerichtet.

Also packen wir unsere Sachen und fahren nach Hause. Zuhause kommt Eva alles irgendwie fremd vor. Sie hatte sich darauf eingestellt, nie wieder in dieses Haus zurück zu kehren. Und jetzt ist alles anders.
Eva steht irgendwie verloren im Haus.

Am Nachmittag will sie ins Spital nach Braunau fahren. Alleine.
Teresas Schwiegermutter sagt zu ihr.
„Das kommt überhaupt nicht in Frage. Ich fahre dich."
Das Spital hat normalerweise nur vormittags Ambulanzdienst. Der Arzt lässt darüber auch eine

Bemerkung fallen, aber als er sieht, wie es um mich steht, und ich ihm erkläre, dass ich fünf Tage eingesperrt war, entschuldigt er sich und will mich dabehalten. Aber ich will nach Hause. Er untersucht mich gründlich, aber innere Verletzungen habe ich keine.

„Wenn es Ihnen schlechter geht, kommen sie sofort."

Ich verspreche es.

Norbert wird ins Unfallkrankenhaus nach Salzburg mit dem Hubschrauber gebracht. In Schwarzach haben sie nicht die nötigen Apparate und Erfahrungen, um so einen Schwerverletzten zu versorgen. Dort wird festgestellt, dass er Wirbelbrüche, eine zerquetschte Lunge und noch andere Brüche hat. Es geht um Leben und Tod. Die Operation dauert mehrere Stunden und die Ärzte können ihn soweit stabilisieren, dass er überlebt aber querschnittgelähmt ist.

Teresa besucht ihren Vater, Norbert erkennt sie nicht.

Die nächsten Tage sind für Norbert die kritischsten Tage, denn auch die Ärzte wissen nicht, ob er das überlebt. Insgesamt kommt es noch zu drei weiteren Operationen, nur um das Überleben zu sichern.

Teresa fährt jeden Tag ins Spital.

Teresa wird in die Polizeistation nach Eggelsberg

bestellt. Auch sie soll ihre Aussage machen. Teresa schildert alles was sie weiß, was nicht sonderlich viel ist. Denn sie war ja beim Tathergang nicht dabei.

Dann fragt sie die entscheidenden Worte:

„Warum wurde mein Vater wieder nach Hause geschickt. Er hätte die gemeinsame Wohnung doch gar nicht mehr betreten dürfen. Er hat Betretungs- und Kontaktverbot."

„Ja irgendwo muss er ja schlafen."

„Nach diesem Vorfall in der gemeinsamen Wohnung? Wozu dann das Betretungsverbot?"

Der Polizist räuspert sich.

„Da ist einiges falsch gelaufen. Den Bericht haben wir nach St. Johann gefaxt, aber da hatten die Beamten Ihren Vater schon nach Hause geschickt. Er wäre dann in der Früh wieder abgeholt worden und in Haft gekommen."

„Aha, und inzwischen hätte er meine Mutter umbringen können."

Der Polizist ist ganz verlegen. Er weiß, da haben sie großen Mist gebaut.

Teresa unterzeichnet ihre Aussage und fährt wieder nach Hause.

Eva und Teresa fahren gemeinsam nach St. Johann, um von der Polizei den Zentralschlüssel zu holen und sich in der Wohnung umzusehen.

Die Polizisten sind sehr freundlich. Eva kommt es vor, als ob sie von allen Seiten beobachtet werden würde.

Die Polizei hatte nach dem Tathergang die Wohnung untersucht, um alles rekonstruieren zu können. In der Wohnung steht der Hocker immer noch vor dem Fenster. Sonst scheint alles in Ordnung zu sein. Die Fenster sind geschlossen. Eva dreht im Keller das Wasser ab und auch den Strom, da sie nicht vor hat, in absehbarer Zeit wieder nach St. Johann zu kommen.

Eva und Teresa verabreden sich noch mit Wolfgang, Norberts Neffen, Eva erzählt das Vorgefallene und Wolfgangs Antwort ist.

„Du musst dich von deiner Ausbildung verabschieden, schrecklich genug was mit Norbert geschehen ist, er hätte dir das auch nicht antun dürfen. Aber jetzt müssen wir wie eine Familie zusammenhalten und schauen, dass es mit Norbert wieder bergauf geht."

Ich glaube, ich habe etwas perplex geschaut.

Also war ich in seinen Augen der Auslöser für Norberts Sprung. Als ob auf meiner Stirn in roten Buchstaben stehen würde „Schuld auf mich übertragen".

Ich bin von Wolfgang maßlos enttäuscht. In seiner schwierigsten Lebensphase, als seine Frau sich von ihm getrennt hatte, war ich immer für ihn da. Wir telefonierten stundenlang, denn er verkraftete nicht, dass seine Frau sich zu Frauen hingezogen fühlte und von Männern nichts mehr wissen wollte.

Es war für ihn ein Schlag ins Gesicht. Er hatte Vertrauen zu mir und seiner Familie wollte er es nicht erzählen, ich glaube, dafür schämte er sich. Auch erzählte ich Norbert nichts davon, obwohl letzterer immer wieder fragte.

Nach meinem Befinden erkundigt sich Wolfgang nicht.
Hier schlägt wieder das Patriachat durch. Eine Frau hat zu gehorchen, zu dienen und alles zu erdulden.

Auf dem Nachhauseweg bin ich sehr nachdenklich.
Es stimmt mich sehr traurig, wie über eine Misshandlung der Frau gedacht wird. Wäre Norbert nicht verletzt gewesen, hätte für mich Mitleid Platz gehabt. In diesem Fall aber zählt seine Verletzung mehr und für mich ist kein Platz mehr für Solidarität.

Es steht auch meine jährliche Ägyptenreise, welche mit meiner spirituellen Ausbildung zu tun hat, vor der Tür. Ich freue mich sehr darauf, darauf mit Gleichgesinnten einen Austausch zu haben, aus den belasteten vier Wänden herauszukommen, spirituelle Erfahrungen zu machen und letztendlich auf Sonne, Strand und Meer.
In meinen vier Wänden bin ich bei mir und denke über alles nach. Mein Entschluss steht fest. 43 Jahre habe ich mich von Norbert manipulieren lassen und jetzt wollen die Verwandten diese Rolle übernehmen.

Niemals.

Ich klingle bei Teresa. Sie öffnet die Türe.
„Teresa, ich fahre nach Ägypten."
Teresa schaut mich entgeistert an.
„Aber ich dachte nach dem Gespräch mit Wolfgang, dass für dich klar ist, dass du das alles lassen musst und du einsichtig bist."
„Ich lasse mir von euch nicht vorschreiben, was ich darf und was ich nicht darf. Und mein Entschluss steht fest. Ich fahre."
Teresa ist sehr zornig. In ihrer Familie geschieht immer was sie will. Peter, ihr Mann, ist Wachs in ihren Händen. Er betet sie an und nur die Andeutung von etwas, was sie möchte, und es ist bereits fertig. Darum ist es für sie unverständlich, dass ich mich ihr widersetze.
„Wenn du das tust, sind wir geschiedene Leute. Du musst dich entscheiden. Für oder gegen die Familie."
„Ich lasse mir von dir nicht vorschreiben, was ich tun darf und was nicht."
„Wenn du fährst, trennen sich unsere Wege."
„Dann gehen wir ab jetzt getrennte Wege. Gib mir meinen Hausschlüssel und hier hast du deinen."
Teresa überreicht mir meinen Zentralschlüssel und ich ihr den ihren.
„Die Unterlagen, die Papa kopiert hat, möchte ich haben, die gehören ihm."
„Kommt ja überhaupt nicht in Frage, das sind meine

Unterlagen und das hat er sich widerrechtlich angeeignet."

Ich gehe zur Tür hinaus. Mühsam die Tränen zurückhaltend. Nachdem die Tür zugefallen war, rinnen mir die Tränen über die Wangen. Ich sehe kaum noch wo ich hintrete. Jetzt bin ich ganz alleine. Auch meine Tochter hat sich gegen mich gestellt und die Anschuldigungen, die Norbert gegen mich vorgebracht hat, ich wäre in einer Sekte, geglaubt. Das Telefon läutet, es ist Teresa, ich hebe nicht ab. Es ist alles gesagt.

Ich schalte den Fernseher ein und suche mir ein Video heraus. Sissi, lege es in den Videorecorder und nehme auf dem Sofa Platz. Die Tränen fließen schon so, als ob es ein Bach wäre. Das Telefon läutet wieder. Wieder Teresa. Ich schalte das Telefon ab. Ich kann nicht mehr.

Durch die ganzen Vorfälle der letzten Zeit bin ich nur mehr ein Schatten meiner selbst. Bei meinen 182 cm Größe wiege ich nur noch 54 kg. Das Essen schmeckt nicht mehr, Hungergefühl ist auch keins vorhanden. Aber irgendetwas muss ich zu mir nehmen. Da fällt mir ein, ich könnte ja ein alkoholfreies Bier trinken. Das hat viele Kalorien, keinen Alkohol und meine Mutter sagte immer, das müsste es auf Rezept geben, von den Nährwerten her ist es sooo gesund.

Sissi läuft im Fernsehen, mein Körper ist schlapp, mein Herz ist leer und mein Verstand ist ausgeschaltet.

Ich funktioniere nicht so, wie es mein Umfeld haben möchte. Ich soll mich wie üblich wieder nach den anderen richten. Mich wieder anpassen. Mich wieder manipulieren lassen. Mein Kampfgeist ist erwacht und ich nehme die Situation so wie sie ist.

Gegen 10.00 Uhr überkommt mich eine Schwere und Müdigkeit und ich falle in einen traumlosen Schlaf aus dem ich am nächsten Morgen gerädert aufwache.

Nach einer guten Tasse Kaffee, einer ausgiebigen Dusche, wende ich mich dem Telefon zu. Zehn Anrufe von Teresa. Eine Nachricht von Teresa. Ich will das alles nicht. Die Enttäuschung ist zu groß. Die Sehnsucht nach den Enkelkindern aber auch.

Der Fernseher läuft schon wieder mit Sissi.

Der Film Sissi ist für mich eine Therapie.

Das Telefon läutet wieder. Ich lasse es klingeln. Es interessiert mich nicht.

Ich muss in Ruhe nachdenken.

Teresa fährt zu ihrem Vater ins Spital. Heute ist er wieder nicht ansprechbar. Teresa spricht mit dem Arzt und dieser kann ihr keine verbindliche Antwort geben. Der Gesundheitszustand ist zu labil. Jetzt hat er schon die dritte Operation hinter sich und noch

immer ist keine Entwarnung. Die Verletzungen sind einfach zu schwer. Momentan darf er nur liegen.
Teresa geht wieder ins Krankenzimmer. Die Türe wird aufgerissen und zwei Polizeibeamte stürmen ins Zimmer. Ein blauer Brief wird übergeben.

Eva hebt das Telefon ab.
„Ja, bitte."
„Ich habe mir Sorgen gemacht, dass du dir etwas antust."
„Keine Bange, so was mache ich nicht."
Teresa ist erleichtert.
„Können wir reden."
„Ja, irgendwann schon einmal."
„Geht es morgen, wenn die Kinder in der Schule sind."
„Ja."
„Kommst du rüber oder soll ich zu dir kommen?"
„Ich komme. Ruf mich an, wenn die Kinder weg sind."
„Bis morgen."
Teresa bei mir im Hause kann ich mir in der jetzigen Situation gar nicht vorstellen. Die Nadel sitzt zu tief.

Bei der Post ist eine Vorladung zum Bezirksgericht in Mattighofen. Für den nächsten Tag um 11.00 Uhr. Eva hat eine Verlängerung des Betretungsverbotes beantragt, da sonst Norbert nach vierzehn Tagen wieder ins Haus zurückkehren könnte. Und das will sie unter allen Umständen verhindern.

Das geht sich aus. In der Früh das Gespräch mit Teresa und nachher nach Mattighofen.

Der Film Sissi läuft schon wieder. Eva braucht den Film, um die Geschehnisse zu verarbeiten. Das ist wie eine Therapie für sie. Die blauen Flecke sind fast alle verschwunden. Die seelischen Narben würden noch lange bleiben. Eva geht zum Kühlschrank und holt sich ein alkoholfreies Bier, um wenigstens wieder ein paar Kalorien zu sich zu nehmen. Essen ist für sie noch immer unmöglich.

Teresa wartet schon auf ihre Mutter.
Eva bleibt in der Diele stehen. Sie ist sich nicht sicher, ob sie weiter ins Haus gehen soll. Für sie ist es plötzlich ein fremdes Heim, in dem sie nicht sicher ist, ob sie willkommen ist. Teresa bittet sie weiter und sie setzen sich an den Esstisch.
„Für mich ist das auch nicht leicht." Beginnt Teresa vorsichtig das Gespräch.
„Ja. Das glaube ich dir schon."
Von Eva kommt keine weitere Meldung. Sie ist fest entschlossen, ihrer Tochter keine Anhaltspunkte zu geben, um wieder Oberwasser zu bekommen.
„Was mir nicht passt, ist, dass du über meine Kinder beim Medium Sachen abfragst."
„Ich habe nur gefragt, was für mich wichtig war und ist und nicht mehr."
„Du weißt, dass ich das nicht will."
„Ja und ich mache es auch nicht mehr."

„Es wird sicher eine Zeit dauern, bis wieder das Vertrauen zurückgekehrt ist," bemerkte Teresa.
„Ganz wie du meinst."
Eva erhebt sich. Teresa auch.
Die Unterhaltung ist kühl und distanziert.

Eva geht nach Hause und macht sich fertig um zum Gericht zu fahren. Die Staatsanwältin befragt sie sehr genau über die Vorkommnisse und hat auch die Aussagen, die seinerzeit in Engelhartszell gemacht wurden, vor sich auf dem Tisch liegen. Sie vergleicht immer wieder ob die jetzt getätigten Aussagen mit dem Protokoll übereinstimmen. Hier geht es um eine Verlängerung des Betretungs- und Kontaktverbotes. In der Regel wird ein halbjähriges Betretungs- und Kontaktverbot gegeben, doch nach reiflicher Befragung und in Anbetracht der schweren Misshandlungen wird Eva sofort ein für ein Jahr gültiges Betretungs- und Kontaktverbot erteilt.
Die Richterin wünscht Eva noch alles Gute.

Der blaue Brief, der Norbert ins Spital gebracht wird, enthält eben dieses Schreiben des Bezirksgerichtes. Norbert liegt im Bett und kann, nachdem man ihn aufgeweckt hat, nur mit einem Gekritzel unterschreiben. Er ist immer noch nicht ganz im Leben zurück.

Zwei Tage später. Teresa ist gerade wieder bei ihrem Vater. Der nächste blaue Brief wird von 2 Polizisten gebracht. Diesmal handelt es sich um ein Waffenbesitzverbot. d. H. Norbert bekommt sein ganzes restliches Leben keine Erlaubnis mehr eine Waffe besitzen zu dürfen, geschweige sie mit sich herum zu tragen. Norbert unterschreibt wieder in einem sehr abwesenden Zustand.

Sein Gesundheitszustand ist nach wie vor ungewiss. Teresa besucht ihren Vater nach wie vor jeden Tag. Peter muss zeitgerecht nach Hause kommen um auf die Kinder aufzupassen.

Eva hat die Kinder immer nur in Begleitung der Eltern gesehen. Alleine sind sie noch nie zu Besuch gekommen.
Teresas Garten, welcher ihre große Leidenschaft ist, verwildert zusehends. Das Unkraut ist höher als das Gemüse, das darin wachsen soll.

Die Reise nach Ägypten rückt näher.
Teresa beobachtet ihre Mutter mit Argusaugen. Sie hat immer noch die Hoffnung, dass diese einlenkt und nicht nach Ägypten fährt. Evas Entschluss steht allerdings fest. Diese Reise ist für sie so wichtig, wie noch keine Ägyptenreise vorher. Es wird nicht mehr davon gesprochen auch nicht diskutiert. Es geht Teresa schlicht und einfach nichts an.
„Soll ich dich zum Bahnhof fahren?"
„Nein."
„Fährst du nicht?"

„Doch."

„Wie kommst du nach Salzburg."

„Ich fahre selbst."

„Und das Auto, wo stellst du das ab."

„Bei meinem Bruder."

Kein Kommentar, keine blöde Bemerkung. Teresa weiß, sie kann ihren Willen nicht durchsetzen.

Norbert geht es nach wie vor schlecht. Teresa schreibt mir SMS und hält mich auf dem Laufenden.

Die Reise nach Ägypten ist etwas Besonderes und Einzigartiges. Es ist keine normale Besichtigungstour sondern eine spirituelle Reise auf höchsten Niveau.

Hier hat unsere Gruppe schon viele Inkarnationen hinter sich und hier haben wir viel aufzulösen. Dinge, die wir einst nicht korrekt vollbracht hatten, d. h. entweder Leute unterdrückt, Machtmissbrauch betrieben, das muss man irgendwann in seinem Leben wieder ausgleichen. Es kann sein im nächsten Leben, aber auch erst Jahrhunderte nachher.

Manuela, das Medium, begleitet uns und führt uns zu den Stätten, die für uns wichtig sind und wo wir, um unser jetziges Leben zur vollsten Zufriedenheit führen zu können, einiges aufzulösen haben.

Aber auch die Gesellschaft dieser Menschen, das Meer und die tiefen inneren Einblicke in mich selbst lassen mich das Geschehene hinterfragen.

Zu Beginn unserer Beziehung mit Norbert habe ich ihn umsorgt, alles für ihn getan. Er schnippte mit dem Finger und ich bin aufgesprungen und habe ihm gebracht oder getan was er wollte. Im Laufe der Zeit bin ich aus meiner Untertänigkeit erwacht, besser gesagt, als ich begonnen habe mich mit Spiritualität zu beschäftigen. Am Anfang hat Norbert das alles belächelt und mich gewähren lassen. Wir haben auch harte Kämpfe ausgefochten, als ich begonnen habe, ihm nicht mehr alles zu bringen, sondern er sich etwas selber holen musste. Alles war gut, bis zu dem Zeitpunkt, als er eine Notiz in meiner Geldtasche gefunden hatte.

Bei einem Maskenseminar hatte mir die Seminarleiterin sehr geholfen. Das Gefühl immer unter Druck zu stehen und von oben heruntergedrückt zu werden, als ob man in einer verschlossenen Tonne stecken würde, war unerträglich.
Diese Seminare sind meistens sehr emotional und rufen tiefe Gefühle in einen wach. Ich konnte die Tränen nicht zurückhalten.
Hannelore, die Seminarleiterin, setzte sich zu mir.
„Ich habe das Gefühl, als ob ein schwerer Deckel mich niederdrücken würde."
„Sieh es einmal anders, drehe das Ganze um und dann stehst du plötzlich auf sehr solidem Untergrund. Wie fühlt sich das an?" fragt mich Hannelore.

„Das Herz wird weit, der Druck ist verschwunden, das Gefühl ist unbeschreiblich."

Diese Erkenntnis war für mich wie ein Wunder. Plötzlich konnte ich frei atmen und die Welt erschien mir auf einmal bunt.

Das Dankesschreiben, dass ich nach dem Seminar an sie gesandt hatte, bestand aus folgenden Worten – du hast mir die Augen geöffnet, dafür bedanke ich mich. Ab heute beginnt für mich ein neues Leben - Norbert stellte mich zur Rede.

„Hast du bis jetzt mit mir nicht gelebt. So einen Liebesbrief habe ich von dir nie bekommen."

Mir verschlug es die Sprache. Liebesbrief? Für mich war es ein Dankesbrief und vollkommen unverfänglich. Alles Reden nützte nichts. Für ihn war es niederschmetternd.

Eva besucht ein Seminar. Norbert bleibt alleine zu Hause. Er wartet schon sehr darauf, dass Eva das Haus verlässt. Kaum fällt die Türe ins Schloss macht sich Norbert ans Werk. Er durchsucht das Dachgeschoss, ob irgendetwas Verdächtiges vorhanden ist. Er räumt die Bücher aus dem Bücherregal, blättert die ganzen Seiten durch. Da die Bücherregale mit ca. 500 Büchern gefüllt sind, braucht er einige Zeit um damit fertig zu werden. Dann hebt er die Matratzen vom Gästebett in die Höhe. Auch hier könnte sich irgendein Indiz verstecken.

Schließlich hört er, als Eva nach Hause kommt, schaut ob er alles wieder an seinen Platz geräumt hat, schließt die Tür und geht ins Wohnzimmer. Gerade noch rechtzeitig, bevor Eva hereinkommt.

Da Norbert keine Zeit zum Kochen hatte, macht Eva Spaghetti, die ja gleich fertig sind. Eine Bolognese hat sie im Tiefkühlschrank für den Fall, dass es einmal schnell gehen soll. Evas Bolognese ist sehr aufwendig zubereitet, denn sie macht es nach einem italienischen Rezept und da muss die Sauce einige Stunden vor sich hin köcheln, damit sich alles gut vermengt. Aus diesem Grunde wird immer eine größere Menge gemacht und dann eingefroren.

Auch alle anderen Räume werden bei günstigen Gelegenheiten von Norbert ebenfalls gründlich durchsucht.

Eva hat ein Schrotgewehr im Schlafzimmer versteckt. Eines Tages merkt sie, dass der Kolben etwas aus dem Versteck hervorschaut. Eva schiebt es wieder zurück und für sie ist damit wieder alles erledigt.

Zum Schluss wird auch noch Evas Handtasche durchwühlt. Das Heiligste einer Frau. Das war für Eva ein sehr persönlicher Angriff.

Sie ruft ihre Freundin Maria an und erzählt ihr davon. „Die Unterlagen von Theobald musst du wegräumen. Sperr sie ein. Du hast sicher Sachen gefragt, die ihn nichts angehen."

„Du hast recht."

Panik breitet sich in mir aus. Wenn er die Schriften finden würde, das wäre eine Katastrophe. Theobald, der Kontaktgeist mit der jenseitigen Welt, hat mir schon vor Jahren gesagt, ich solle mich von Norbert trennen oder zumindest räumlich im Haus getrennt wohnen.

Im Hofer-Werbeprospekt wurde ein Tresor angeboten. Ich besorge mir einen und schließe alle Aussagen von Theobald in diesen Tresor ein und da es ein transportabler Tresor war, versteckte ich ihn im Dachgeschoß.

Norbert beobachtet mich weiterhin mit Argus-Augen. Aber in seine Augen ist nach einer Schönheitsoperation bei den Lidern ein fremder Ausdruck. In seinem Inneren hat etwas Platz genommen, was nicht zu Norbert gehört.

Bei einer Narkose kann eine fremde Energie in den Körper fahren, weil man sich ja in diesem Zustand nicht wehren kann und in seinem Falle war dies sicher der Fall. Der neue Blick ist stechend, lauernd, hinterlistig.

Von Ägypten wieder zurück ist die Kälte zwischen Teresa und ihrer Mutter immer noch spürbar. Die Kinder freuen sich sehr, ihre Oma wieder zu sehen, dürfen aber alleine nicht bei Oma bleiben sondern sie nur kurz begrüßen.

Eva kann das jetzt aber etwas leichter hinnehmen, da sie durch diese Reise sehr viel Energie getankt hat, gut erholt ist und die Gespräche mit ihren Freunden ihr sehr geholfen haben.

Im Büro ist einiges liegen geblieben. Eva hat immer im Büro ihres Mannes mitgearbeitet und so kann sie die Baustellen weiter betreuen, damit alles erledigt wird. Eva ist ein sehr pflichtbewusster Mensch und will die Baustellen, die noch am Laufen sind, ordnungsgemäß abwickeln.

Den Kunden, die sich bei Eva melden, wird vermitteln, Norbert wäre von einem Gerüst gefallen. Alle bedauern ihn sehr. Und immer wieder die Fragen nach seinem Gesundheitszustand.

Auch in der Nachbarschaft wird kundgetan, Norbert wäre vom Gerüst gefallen. Auch hier rege Anteilnahme.

Teresa trifft sich mit Freunden. Sie haben einen lustigen Abend und im Zuge des reichlichen Alkoholgenusses fragt eine Bekannte:

„Na sag schon, was mit deiner Mama ist?"

„Wieso" fragt Teresa.

„Sag die Wahrheit."

Teresa ist sich nicht sicher, ob die Bediensteten der Polizeistation Eggelsberg zuhause über die

Eskalation ihrer Eltern gesprochen haben.

Christoph, ein Freund von Teresa stellt sich vor sie.
„Was soll diese Fragerei, lasst sofort Teresa in Ruhe.
Teresa komm, wir fahren noch woanders hin."
Teresa ist sehr dankbar über die Unterstützung ihres
Freundes. Aber die Lust am Feiern ist ihr vergangen.
Sie will nur etwas abschalten und hat sich überreden
lassen, mit ein paar Freunden etwas zu
unternehmen. Christoph bringt sie nach Hause und
zuhause lassen die beiden den Abend mit Peter, der
bei den Kindern zuhause geblieben ist, ausklingen.

Eva hat den ersten Kundenbesuch vor sich. Das hat
immer Norbert gemacht und Eva hat im
Hintergrund für alles gesorgt. Es dreht ihr den
Magen um. Sie ruft Maria an.
Das ist immer ihre Auftankstation. Das heißt, wenn
Eva eine schwierige Situation bevorsteht, wird zuerst
mit Maria telefoniert. Die beiden reden über
belanglose Sachen, aber während des Gespräches
stellt sich Eva auf den Tag ein und so kann sie
gestärkt jede Situation in Angriff nehmen.

Mittlerweile ist es so, dass mit den meisten Bauherrn
ein so vertrautes Verhältnis besteht, dass man sich
duzt und sich beim Vornamen nennt. Die
Geschäftsbeziehungen bestehen zum Teil schon
über dreißig Jahre. Und man kennt sich. Zumindest
man glaubt sich zu kennen.

Hans erwartet mich bereits und wir besprechen, was alles zu machen ist. Ich weise die Handwerker an und die sind überrascht, mit welcher Kompetenz und Erfahrung ich mich in der Materie auskenne. Auch Hans hat mich noch nie von dieser Seite kennengelernt. Auch Probleme, die schon vorhanden sind, kann ich gut bewältigen. Norbert und ich haben ein Haus selber gebaut, auch ich habe mitgearbeitet und da ich ein sehr wissbegieriger Mensch war und bin, habe ich alles nachgefragt und auch bei Norbert im Büro immer alles hinterfragt und so bin ich zu meinem Wissen gekommen.

Der erste Termin ist vorbei und ich glaube jeder, der in meiner Nähe ist, hört den riesengroßen Stein plumpsen, der von mir gefallen ist. Auch habe ich, um mich zu schützen, ein feuerrotes Kleid angezogen. Den Farben sagen auch etwas aus, z. B. bedeutet rot, greife mich nicht an. Grau käme einer grauen Maus gleich mit der man alles machen kann.

Teresa besucht weiterhin ihren Vater. Norbert hat schon vier Operationen über sich ergehen lassen müssen und kann mittlerweile im Rollstuhl sitzen. In seinem Zimmer befinden sich noch drei weitere Patienten. Norbert schwärmt von seiner Frau, wie hübsch, wie klug, wie hilfsbereit sie ist.
Ein Zimmergenosse fragt ihn.
„Sie besucht dich aber nie. Was ist der Grund?"
Norbert wird rot im Gesicht.

„Erzähl schon was vorgefallen ist."

„Ich habe ihr eine runtergehauen."

„Deswegen kommt die Polizei nicht so oft."

„Es waren vielleicht ein paar mehr Schläge."

Damit ist das Thema im Zimmer erledigt.

Helmut und Grete, ebenfalls Bauherrn rufen bei mir an:

„Was ist passiert."

„Norbert liegt verletzt im Krankenhaus."

„Können wir uns in Salzburg treffen."

„Ja."

Der vereinbarte Termin kommt näher. Grete spricht zuerst über belanglose Dinge und dann siegt die Neugier, was man an ihrem Gesicht erkennt und sie fragt:

„Was ist wirklich passiert."

„Das willst du nicht wirklich wissen."

„Ist er gefallen oder gesprungen."

„Gesprungen."

Das war alles, was ich bereit war zu erzählen.

Teresa ruft mich an.

„Papa möchte mit dir sprechen."

„Ich überlege es mir."

Der Tag kommt an dem Teresa und ich ins Krankenhaus fahren. Ich habe mit ihm beruflich einiges zu besprechen, deswegen habe ich mich auf einen Besuch im Krankenhaus auch eingelassen.

Ich warte im Garten.

Teresa holt ihn. Er sitzt im Rollstuhl.

Er streckt mir die Hand entgegen, ich gebe sie ihm. Das sollte der Mann sein, denn ich einmal geliebt habe. Dieser Mann ist ein Fremder für mich.

„Es tut mir leid, was passiert ist."

Er betrachtet mich lauernd.

Keine Antwort von mir.

„Musstest du das mit dem Gewehr bei der Polizei erwähnen?"

Wie eh und je Vorwürfe von seiner Seite. Es geht ihm nur um sich selber.

Wir besprechen die Bürosachen. Jedes Wort, dass ich mit ihm wechseln muss, ist eine Qual für mich. Auch achte ich sehr darauf, dass der Abstand zu ihm immer groß genug ist, um seinen Atem nicht spüren zu müssen. Die Situation widert mich an.

Wir verabschieden uns und Teresa schiebt ihren Vater wieder ins Zimmer zurück.

Ich warte in der Cafeteria und dann fahren wir nach Hause. Jeder von uns hängt seinen Gedanken nach.

Dieser Eklat passierte genau am 20. April, Hitlers Geburtstag.

Dieses Datum ergibt in der Quersumme die Zahl 6, was verbunden ist mit Eifersucht, sehr sehr aggressivem Verhalten, aber auch dem Bild des Dorian Gray.

Dorian Gray wollte immer ein schöner Jüngling sein und deshalb hatte er ein Abkommen mit der negativen Seite. Sein Aussehen sollte immer das Bild eines schönen Jünglings sein, lediglich in seinem Spiegel konnte er sein wirkliches Aussehen sehen, die Alterung, den Lebenswandel. Bis zu einem gewissen Lebensalter war der Wandel nicht so sehr sichtbar, aber ab einem gewissen Alter veränderte sich das Spiegelbild dramatisch. Die Gesichtszüge glichen einer Fratze, der Alkoholkonsum machte sich rund um die Augen bemerkbar. Die Mundwinkel waren nach unten gezogen. Das Haar sehr dünn und schütter. Als Dorian Gray sein Spiegelbild sah, erschrak er so sehr, dass er den Spiegel zertrümmerte. Im gleichen Augenblick als der Spiegel in die Brüche ging, veränderte sich das Aussehen des wirklichen Dorian Gray und er nahm die Gestalt und die Gesichtszüge des Spiegels an und jetzt konnte jedermann merken, welchen Lebenswandel er geführt hatte. Diesen Schock konnte er nicht verkraften und so segnete er bald darauf das Zeitliche.

Der Sprung war am 27.4. ergibt in der Quersumme die 13.
Was im Tarot gleichbedeutend mit dem Tod ist. Hier ist aber nicht nur der physische Tod gemeint, sondern etwas loslassen, etwas geht in die Brüche und etwas Neues kann kommen. Auch Konfrontationen mit Grenzsituationen und

manchmal ist man selbst auch in Todesgefahr.

Auch bedeutet die Zahl 13, wenn man an etwas festhält, was schon seit längerem mit einem Ablaufdatum versehen war und ist, dann wird es einem genommen. Norbert konnte und wollte nicht verstehen, dass Eva nicht mehr die gefügige und zum Sklaventum bereite Person war, die sie einmal war.

Eva fühlt sich in ihrem Heim sicher. Norbert ist in der Klinik gut aufgehoben, kann das Krankenhaus nicht verlassen, kann nur mit dem Rollstuhl fahren, also droht Eva zurzeit keine Gefahr von Norbert.

Allerdings ist das Verhältnis zu ihrer Tochter noch sehr angespannt. Teresa kann es ihrer Mutter, auch durch die Manipulation ihres Vaters, nicht verzeihen und gibt indirekt auch ihrer Mutter die Schuld, dass es ihrem Vater so schlecht geht. Und sie der Auslöser für diese ganze Tragödie ist.

Peter schaut eine Weile zu. Eines Abends, die Kinder sind im Bett, beschwert sich Teresa wieder einmal bei Peter über ihre Mutter.

„Glaubst du nicht, dass du deiner Mutter unrecht tust?"

„Wie meinst du das?" Teresa ist ein einziges Fragezeichen.

„Dein Vater hat sich die Verletzungen selbst zugefügt. Er hat sehr wohl gewusst, was er tut. Er wollte nicht für das geradestehen, was er deiner

Mutter angetan hatte. Deine Mutter, was hat die getan? Sie hat sich um ihre spirituelle Ausbildung gekümmert, es ist ihr Hobby, und das hat er ihr nicht gegönnt."

„Aber diese Themen, die dort besprochen werden, das ist ja nicht normal!"

„Was ist schon normal. Deiner Mutter hat das gut getan, sie ist selbstbewusster geworden, sie hat nicht mehr alles getan, was dein Vater wollte. Verübelst du ihr das? Es wäre dasselbe, wenn ich dir verbieten würde, dass du deine Kurse besuchst. Würdest du dir das gefallen lassen?"

„Niemals."

„Eben. Und deine Mutter hat deinen Vater nicht betrogen, dein Vater wollte nur nicht, dass sie etwas tut, wo sie von ihm das Einverständnis nicht eingeholt hat."

So hat Teresa die ganze Angelegenheit noch nie betrachtet. Sie schweigt. Sie überlegt.

Teresas Garten verwildert zusehends. Die Zeit sich darum zu kümmern, hat sie einfach nicht. Am Tag die Kinder und abends, wenn Peter nach Hause kommt, fährt sie zu ihrem Vater. Die Kinder dürfen nach wie vor nicht alleine zu Eva.

Eva hat ohnehin sehr viel zu tun.

Hermi meldet sich und erkundigt sich.

„Wie geht es dir?"

„Ganz passabel. Willst du nicht einmal zu mir

kommen?"

„Ja, gerne."

Wir verabreden uns. Hermi ist sehr gerne bei mir, sie hat eine Stadtwohnung und wollte immer gerne ein Haus auf dem Lande. Nur konnte sie da mit ihrem Mann nicht reden. Der wäre niemals aus der Stadt weggezogen und im Alter scheute Hermi auch die Siedelei. Und so verbringt sie immer wieder Zeit bei mir und genießt die Stille, das Grün, das Rauschen des Waldes.

Ich wohne in einer sehr schönen Lage. Das Haus steht am Waldrand in einem Dorf mit 10 Häusern und die Straße, die bei mir vorbeiführt, endet im nächsten Dorf, ebenfalls mit ca. 10 Häusern. Auch habe ich eine kleine Landwirtschaft dabei, mit 2 Eseln. Früher hatten wir jeweils 2 Stück Schafe, Ziegen, Hasen, Hühner, Katzen und auch ein Pferd. Alle Tiere sind bei uns eines natürlichen Todes gestorben. Teresa durfte in ihrer Kindheit mit Tieren aufwachsen und sie setzt die Tradition jetzt bei ihren Kindern fort. Zu den Eseln haben sich noch ein Pony, 2 Hunde und 2 Hängebauchschweine dazu gesellt.

Teresa kommt zu mir und zeigt mir eine whats-up-Nachricht. Ein Cousin, der bei der Polizei arbeitet, hat eine Nachricht geschickt.

Es geht wieder um Norbert. Die Taten, die er begangen hat, bringen ihm 15 Jahre Gefängnis

(Misshandlung, Bedrohung mit dem Gewehr und Freiheitsentzug). In einem Satz darunter ist zu lesen. „Wenn deine Mutter auf eine weitere Verfolgung der Anzeige verzichtet, könnte er freikommen."
Ich muss mich setzen. Erwartet Teresa das wirklich von mir? Nach allem, was geschehen ist.
„Ist das dein Ernst?"
„Er ist eh schon so bedient, er ist eh schon querschnittgelähmt."
„Hast du Mitleid mit ihm? Was ist mit mir?"
„Er kann dir eh nichts mehr tun."
Jetzt werde ich zornig.
„Was mischt sich Wolfgangs Verwandtschaft in diese Sache ein. Soll ich mich fast umbringen lassen und dann noch Gnade vor Recht ergehen lassen?"
„Er hat ja nur recherchiert."
„Ja, in Wolfgangs Auftrag."
„Überlege es dir halt."
„Würdest du mir auch den Vorschlag machen, wenn dies einer deiner Töchter wiederfahren wäre?"
Teresa weiß keine Antwort.

Ich rufe eine Schulfreundin an, welche jahrelang bei einem Rechtsanwalt gearbeitet hat.
„Hallo Veronica."
„Hallo Eva."
„Ich brauche dringend einen Rechtsanwalt für Scheidung und Gewaltdelikte. Kannst du mir einen empfehlen?"
„Ich horche mich um und melde mich bei dir."

„Vielen Dank."
Dann reden wir noch über einige andere Themen und schließlich verabschieden wir uns.

Sissi wird wieder eingelegt. Ich muss mich ablenken. Die Vorstellungen meiner Tochter sind absurd. Doch dann blitzt eine Idee auf. Ich könnte die Situation dazu nutzen, ein lebenslanges Betretungs- und Kontaktverbot zu erwirken. Der Same ist gesät. Teresa gegenüber lasse ich nichts verlauten.

Veronica ruft an.
„Jemanden empfehlen ist in dieser Branche sehr schwierig, aber mein Chef hat gemeint, wenn er einmal einen Anwalt bräuchte, würde er sich an Dr. Maier wenden und die zweite Wahl wäre Dr. Fischer. Wenn ein Anwalt dies über einen anderen Anwalt sagt, muss dieser sehr kompetent und auch menschlich in Ordnung sein.

Norbert liegt weiterhin im Spital. Die Intensivstation hat er nach ca. drei Wochen verlassen und liegt jetzt mit den drei Männern in einem Zimmer. Als ich wieder einmal ein berufliches Gespräch mit ihm auf dem Spitalsgang habe, bittet er mich in sein Zimmer zu kommen. Er will den anderen drei Insassen die hübsche Frau zeigen, die er hat. Meine innere Überzeugung ist nein und trotzdem lasse ich mich überreden. Als ich im Zimmer stehe, ärgere ich mich über mich selber. Nach einer Minute Aufenthalt verlasse ich den Raum wieder und warte im Freien auf Teresa, damit wir wieder heimfahren können.

Aus meinem linken Ellenbogen dringt immer wieder Flüssigkeit aus. Mein Bruder Franz hatte das gleiche und hat es mit Zugsalbe wieder in Ordnung gebracht. Das gleiche versuche auch ich, ohne Erfolg.

Im Spital sagt man mir

„Hierbleiben und operieren."

„Wie stellen Sie sich das vor. Ich wohne alleine. Ich komme morgen wieder."

„Das ist sehr gefährlich. Wenn das ins Blut geht."

„Ich komme nüchtern, dann können sie mich gleich operieren.

Gesagt, getan.

Ich schlich mich ins Krankenhaus. Das gleiche Krankenhaus in dem Norbert liegt. Er im dritten, ich im zweiten Obergeschoß.

Teresa hat Verbot Norbert etwas über mich zu erzählen. Sein Besuch hätte mir gerade noch gefehlt. Norbert hat einen Platz in einer Reha in Bad Häring bekommen. Der Transport dorthin soll diese Woche sein. Er will, dass Teresa ihn fährt, aber Teresa ist das zu riskant und sie überredet ihn mit dem Krankentransport zu fahren. Ich schaue aus dem Fenster und sehe ihn dort sitzen. Ich zucke zurück. Hoffentlich hat er mich nicht gesehen. Schließlich fährt das Auto los.

Am nächsten Tag werde auch ich entlassen.

Ein Termin mit Dr. Fischer wird vereinbart. Die Zeit drängt. Hermi hat mich darauf aufmerksam gemacht, die Vereinbarung muss innerhalb von sechs Monaten ab Gewaltdelikt abgeschlossen werden, sonst kann eine Scheidung nicht mehr mit einem eindeutigen Schuldspruch für Norbert ausgehen. Dr. Fischer gleicht eher einem Hippie als einem soliden Anwalt. Die Haare lang mit buntem Hemd und einer zerrissenen Jean, wie es modern ist. Nach dem Erstgespräch bin ich von der Kompetenz nicht so überzeugt. Den Ausschlag gibt jedoch nicht sein Äußeres sondern die Schwingung zwischen uns beiden, die nicht ganz übereinstimmt.

Jetzt noch einen Termin bei Dr. Maier. Ich richte ihm schöne Grüße von Veronica aus und dass ihr Chef ihn als Verteidiger haben wollte, wenn er einen bräuchte. Das freut ihn sehr.
Die Chemie zwischen uns ist stimmig. Ich erkläre ihm meine Situation, schildere ihm den ganzen Tathergang und nach einem einstündigen Gespräch verabschieden wir uns mit der Vereinbarung, er würde sich bei mir melden. Ich habe ein gutes Gefühl.

Die Baustellen sind noch nicht fertig und so wechseln sich die Termine bei Eva ab. Auch hat sie sich an den Opferschutz gewandt.

Eva holt Informationen ein so gut es geht.
Auch telefoniert sie noch ab und zu mit Norbert, weil büromäßig noch einiges zu klären ist.

„Schildern sie die Situation" war die Aufforderung der Dame vom Opferschutz.
Nachdem ich den Tathergang vorgetragen habe, erklärt sie mir, welche Möglichkeiten ich habe und worauf ich achten soll.
Auch schlägt sie vor, Norbert einzuladen, um ein Gespräch zu führen, natürlich zu unterschiedlichen Zeiten, sodass wir uns nicht begegnen. Mir wird der Termin persönlich mitgeteilt und Norbert erhält ein Schreiben.
Teresa besucht Norbert weiterhin mit der Familie in Bad Häring.

Norbert unterhält sich mit den Insassen der Reha und da begegnet ihm eine Dame, welche in Freilassing wohnt und alle vierzehn Tage mit dem Auto nach Hause fährt. Das kommt ihm sehr gelegen, denn inzwischen ist auch der Brief vom Opferschutz bei ihm eingelangt und der Termin, der fixiert wurde, ist kommenden Montag.

Norbert geht es inzwischen so gut, dass er mit dem Rollstuhl sehr gut zurechtkommt. Nur sein Blasen- und Afterbereich funktioniert nicht mehr, das heißt, er muss sich kathedern und das alle 3 – 4 Stunden.

Norbert nicht verlegen fragt die Dame aus Freilassing

„Könnte ich mit Ihnen mitfahren?"

„Kein Problem. Aber ab Freilassing müssen Sie sich um einen Weitertransport bemühen."

Gesagt, getan.

„Teresa, ich komme am Wochenende nach Salzburg. Du besuchst mich in Salzburg."

Teresa weiß nicht, was sie sagen soll. Es widerstrebt ihr, schon wieder mit ihrem Vater in Kontakt treten zu müssen.

„Nein, ich komme nicht. Ich bin verabredet und ich habe keine Zeit."

„Eine Stunde wirst du wohl für mich erübrigen."

„Nein."

„Bitte suche mir ein behindertengerechtes Hotel."

„Okay. Aber ich habe wirklich keine Zeit."

„Ja, ich habe am Montag einen Termin beim Opferschutz in Ried."

„Wie kommst du nach Ried."

„Ich werde Mama fragen, ob sie mich mitnimmt."

Teresa bleibt der Mund offenstehen. Ist ihr Vater noch normal. Mit Mama fahren.

Teresa legt den Hörer auf und ruft umgehend ihre Mutter an.

„Papa will mit dir nach Ried fahren."

„Ausgeschlossen, er greift mir ins Lenkrad und dann ist es aus und vorbei. Ich bin einmal mit dem Leben davongekommen, eine zweite Chance hat er nicht.

Norbert hat sich von Freilassing mit dem Taxi ins Hotel Schaffenrath in Salzburg, welches Teresa für ihn gebucht hat, transportieren lassen und nach dem Einchecken ruft er Teresa an und fragt.

„Wann kommst du nach Salzburg?"

„Überhaupt nicht. Ich habe gesagt, ich habe keine Zeit."

Teresa ist wütend.

Norbert ruft Eva an:

„Könnten wir gemeinsam zum Termin fahren."

„Nein, ich habe an einem anderen Tag."

„Aber wie soll ich nach Ried kommen."

„Keine Ahnung, aber nicht mit mir."

Eva ist fassungslos über so viel Dreistigkeit.

Eva hat am Montagmorgen einen Termin beim Opferschutz und es wird alles besprochen, was am Nachmittag mit Norbert zu klären ist. Nach einem Ca. 1 ½ stündigen Gespräch fährt Eva wieder nach Hause.

Um 15.00 Uhr läutet bei Eva das Telefon.

„Ihr Mann ist nicht gekommen. Wissen Sie was mit ihm los ist."

„Nein, keine Ahnung. Ich kümmere mich darum."

Teresa ruft im Schaffenrath an.

„Könnte ich Herrn Steiner sprechen."

„Moment bitte. Der hat heute früh die Rechnung bezahlt, aber der Schlüssel hängt nicht da."

„Könnten Sie bitte nachschauen ob er noch auf dem Zimmer ist und mich zurückrufen?"

„Ja, gerne."

Es dauert nicht lange und der Rückruf erfolgt.

„An der Tür hängt „bitte nicht stören". Herr Steiner ist noch in seinem Zimmer."

Teresa legt verstört auf und ruft ihre Mutter an.

„Papa ist noch im Schaffenrath. Glaubst du es ist etwas passiert?"

Eva greift zum Hörer und ruft selbst an.

„Bitte schauen Sie nach Herrn Steiner, ich bin seine Frau, ich glaube, dass etwas passiert ist. Und bitte gehen Sie ins Zimmer, auch wenn das Schild bitte nicht stören an der Tür hängt."

Die Hoteldame ruft nach einiger Zeit zurück.

„Wir haben die Rettung verständigt. Herr Steiner liegt in Erbrochenem und überall liegen leere Tablettenschachteln herum."

Die Rettung bringt Norbert ins Krankenhaus. Mittlerweile wird auch die Polizei verständigt. Sie durchsuchen das Zimmer, finden drei Briefe, einen an Eva und je einen an Viola und Sarah. Der Polizist nimmt die Briefe mit aufs Amt. Sonst können sie nichts Ungewöhnliches im Zimmer finden.

Eva fährt am nächsten Tag zum Hotel. Sie hat einen Anruf bekommen, dass sie das Zimmer räumen darf und die Unterlagen von der Polizei abholen kann. Sie sieht sich im Zimmer um. Überall die Utensilien zum Kathedern, der Rollstuhl, das Bett zerwühlt. Sie packt alles in den Rollstuhl, fährt zur Reception, bezahlt die offene Rechnung und entschuldigt sich bei der Hotelbesitzerin für die Unannehmlichkeiten. Diese winkt ab.

„Sie können nichts dafür."

Eva fährt weiter zur Polizei. Dort werden ihr die Briefe ausgehändigt, die geöffnet worden waren, um vielleicht einen Hinweis für die Tat zu finden.

Eva setzt sich ins Auto und liest den an sie adressierten Brief.

„Du bist mein Leben."

Aha, ich bin sein Leben. Welches Leben, seine Dienstmagd, seine Sklavin. Eine Person, die keine eigene Meinung haben darf, die funktionieren muss, nach dem Willen des Mannes. Mittelalter. Ist lange vorbei.

Eva liest auch die Briefe an ihre Enkelkinder. Kein persönliches Wort, nur dass sie Geld erhalten sollen. Seine Tochter geht leer aus. Teresa ärgert sich, als sie die Briefe liest.

Die täglichen Krankenhausbesuche, die ganzen Erledigungen, die sie für ihn gemacht hat, es ist für ihn selbstverständlich.

Am Abend läutet bei Eva das Telefon. Die Klinik ist am Apparat.

„Was hat ihr Mann gegessen?"

„Keine Ahnung."

„Er hat eine schwere Lungenentzündung und Atemschwierigkeiten."
„Ich kann Ihnen leider nicht helfen."

Norbert übersteht auch diesen Selbstmordversuch und die Klinik möchte den Rollstuhl für Norbert haben.
Eva bringt ihn in die Klinik, will aber mit Norbert keinen Kontakt haben.
„Wir lassen ihn in die Psychiatrie nach Braunau überstellen.".
Norbert kommt in die geschlossene Abteilung.

Teresa besucht ihren Vater.
Sie ist entsetzt. Im Zimmer keine Vorhänge, keine Schnüre, alles fixiert, die Fenster vergittert, das Essgeschirr steht noch auf dem Tisch, Plastik, damit man keine Möglichkeit hat, sich die Pulsadern aufzuschneiden. Das Nachthemd auch so geschnitten, dass man sich nicht aufhängen kann.
Teresa verlässt ihren Vater sobald wie möglich und kommt sehr niedergedrückt zu Hause an.

Das Telefon klingelt erneut bei Eva. Die Psychiatrie möchte mit Eva über Norbert reden und so wird für den nächsten Tag ein Termin vereinbart. Das Gespräch zwischen der Ärztin und Eva verläuft sehr konstruktiv und die Ärztin ist nach diesem Gespräch überzeugt, dass Norbert in der geschlossenen Abteilung für eine bestimmte Zeit bleiben sollte.

Dafür ist allerdings ein Gespräch zu dritt nötig.

Es sind anwesend, ein Richter, die Ärztin und Norbert.

Gegen Norberts Charme ist auch ein Richter nicht immun. Dieser attestiert ihm, dass ein Aufenthalt in der geschlossenen nicht vonnöten sei.

„Sie wissen schon, wie sie sich zu verhalten haben" meint die Ärztin lapidar.

„Ja, da sehen sie einmal, wie ich die Leute um den Finger wickeln kann, die merken nicht einmal, wie blöd ich bin."

Gegen so viel Präpotenz ist selbst eine Ärztin machtlos.

Norbert wird noch drei Tage auf der Normalstation behalten und dann wird er in die Reha nach Bad Häring zurückgebracht.

Die Regeln des Reha-Zentrums besagen, wer sich unentschuldigt während der Reha entfernt, der wird vom Zentrum verwiesen und muss die bereits erhaltenen Therapien selbst bezahlen.

Nicht so Norbert. Norbert wird wieder aufgenommen, mit viel Freude und Verständnis.

Teresa telefoniert täglich mit ihrem Vater und besucht ihn regelmäßig alle 14 Tage. Ab und zu fährt Eva mit, um mit Norbert geschäftliche Dinge zu klären. Natürlich muss auch dann nach Kufstein zum Essen gefahren werden. Bei diesen Essen verhält sich Eva sehr schweigsam, was Norbert zu der Äußerung veranlasst

„Warum redest du denn nicht?" und das in einem eher aggressiven Ton.

Von Sandra, der Tochter ihrer Freundin Hermi, erfährt Eva, dass, sollte sie eine Scheidung wollen, dies innerhalb von 6 Monaten durchzuziehen sei, damit sie die Gewissheit hat, dass Norbert schuldig geschieden wird.

Sie ruft Dr. Maier an.

„Ich habe bereits ein Konzept erstellt, können wir uns einen Termin vereinbaren."

„Ja, sehr gerne."

„Donnerstag, 11 Uhr, würde das passen?"

„Wunderbar."

Da ja das Gespräch zwischen Norbert und Eva beim Opferschutz gescheitert war, musste Eva, jetzt einen Anwalt einschalten. Es würde ihr zwar vom Opferschutz ein Anwalt zur Verfügung gestellt werden, der sicher genauso kompetent wäre wie der von ihr gewählte, aber Eva wollte nicht immer nach Ried fahren. Salzburg war ihr näher.

Eva hatte mittlerweile öfter Kontakt mit dem Medium und nachgefragt, wie sie sich verhalten sollte.

Trennung oder Scheidung.

Die Antworten des Kontaktgeistes Theobald, mit welchem das Medium in Verbindung steht, zählte die Vor- und Nachteile von Scheidung und Trennung auf.

„Die Scheidung mit richtiger Teilung von allem wäre das Ideale, denn sonst hast du bald einen Pflegefall, da tut er alles.

Eine Trennung intern und dann aber einen Vertrag machen mit der Aufteilung von allem. Eine Art Ehevertrag solange er noch einigermaßen sich selber versorgen kann. Dieser Vertrag ist dann gültig, wenn er in ein Pflegeheim kommt.

Scheidung sowie Trennung haben vor und Nachteile. Deswegen würde ich dann sagen bei Trennung bleiben, wenn er bereit ist, das Finanzielle so zu regeln, wie es dann für euch passt."

Weiters fragte ich:

„Warum habe ich mir von Norbert immer so viel gefallen lassen und es kam mir gar nicht so schwierig vor?"

„Weil du die Kraft nicht hattest dich zu wehren und so konnte er dich manipulieren. Er wollte das nicht ernsthaft, sondern nur darauf aufmerksam machen. Es waren die paranoiden Energien von Hitler unterwegs."

Eine weitere Frage:

„Es belastet mich, dass ich Norbert versprochen habe, nichts zu sagen und dann habe ich alles dem Arzt und der Polizei erzählt."

„Das war ein Notversprechen und zählt vor Gott nicht. Er hat sich dadurch Karma erschaffen, dass er das von dir verlangt hat. Das sollte dich nicht belasten, denn es ist doch dein Leben, worum es geht. Wenn er sein Leben wegwirft dann ist das seine Verantwortung und kein Mensch kann dafür verantwortlich gemacht werden. In der geistigen Welt ist das eine Erpressung die nicht leicht wegzustecken ist. Da bekommt er Karma dazu."

„Guten Tag."
„Guten Tag. Ich habe ein Konzept erstellt, bezüglich der Trennung. Würden Sie sich das einmal durchlesen?" fragte Dr. Maier.
Eva nimmt das Stück Papier und beginnt zu lesen.

- Das Betretungs- und Kontaktverbot wird auf lebenslänglich verlängert. Er darf sich weder mir noch meinem Wohnhaus auf 100 m nähern.
- Frau Steiner erhält einen monatlichen Zuschuss zu den Betriebskosten in der Höhe von € 500,--
- Norbert darf die Wohnung in St. Johann nutzen sofern er sämtliche anfallenden Kosten für diese Wohnung bezahlt. Im Falle einer Nichtbezahlung hat Frau Steiner das Recht ihm fristlos zu kündigen.
- Im Falle, dass entweder Herr oder Frau Steiner pflegebedürftig werden, ist sowohl Herr als auch Frau Steiner von der Pflege und den Pflegekosten entbunden.

- Im Falle einer Scheidung ist die Schuldfrage eindeutig bei Herrn Steiner, sodass Herr Steiner schuldig geschieden wird.

Eva ist sehr zufrieden mit den einzelnen Punkten. Lediglich beim 1. Punkt bezüglich Betretungsverbot muss Eva mit ihrer Tochter Rücksprache halten, denn die hatte geäußert, ihren Vater den Besuch bei sich zu erlauben und ihr Haus befindet sich innerhalb der 100 Meter. Sie möchte das zwar nicht, aber nach einer mündlichen Vereinbarung, im Falle eines Besuches, wird Eva verreisen, ist auch sie mit dem Punkt einverstanden.

Eva schickt die Vereinbarung an Norbert.

Dieser ruft bei Eva an, da für ihn ja Verordnungen bis jetzt nicht gültig waren.

„Die Schuldfrage im Falle einer Scheidung nehme ich nicht auf mich, das unterschreibe ich nicht!"

Eva sucht ihren Anwalt auf und übermittelt ihm Norberts Antworten.

„Wenn er das nicht unterschreibt, trete ich vom Mandat zurück."

Eva verlässt die Kanzlei, setzt sich in ihr Auto und ruft Norbert an.

„Der Anwalt legt das Mandat nieder, wenn du es nicht unterschreibst, dann kommt es halt zu einer Anklage, mir ist das egal."

In Norberts Kopf arbeitet es fieberhaft, einerseits möchte er die Klausel nicht unterschreiben, andererseits muss er im Falle einer Anklage mit einer nicht unerheblichen Haftstrafe rechnen, die auch nicht zur Bewährung ausgesetzt wird, sondern die er im Gefängnis absitzen muss.

Ein Gesichtsverlust, unerträglich.

Zähneknirschend willigt er ein.

Eva fährt wieder zur Kanzlei hoch, welche sich im fünften Stock befindet, läutet an der Tür und trifft im Vorraum Herrn Dr. Maier.

„Norbert ist damit einverstanden und unterschreibt alles."

„Das ist aber schnell gegangen. Ich bereite alles vor. Möchten Sie eventuell eine Viertelstunde warten oder haben Sie noch einen Weg?"

„Ich warte gerne."

„Eine Tasse Kaffee?"

„Ja, sehr gerne."

Mit dem Schriftstück in der Hand verlässt Eva die Kanzlei, fährt umgehend zur Post und schickt den Brief an Norbert. Norbert unterschreibt zähneknirschend. Aber er hat keine Wahl.

Gefängnis oder Freiheit unter Auflagen.

Norbert hat eine enorme Manipulationskraft. Selbst über große Entfernungen kann er Menschen manipulieren. Er hat es ein Leben lang mit Eva gemacht, bis zu dem Zeitpunkt als Eva spirituell erwacht ist und das Spiel ihres Mannes durchschaut hat. Die geistigen Helfer unterstützen sie immer wieder. Über Eva hat er keine Macht mehr. Aber über seine Tochter.

Teresa hat das Treiben ihres Vaters noch nicht durchschaut. Er macht das sehr geschickt, fragt Teresa über ihre Mutter aus und zwar taktisch so geschickt, so dass er alles weiß, was bei Eva im Haus vor sich geht oder was sie gerade macht. Eva hat ihrer Tochter schon öfter verboten, Norbert etwas von ihr zu erzählen. Aber sie telefoniert ja täglich fast eine Stunde mit ihm und durch geschicktes Fragen erzählt Teresa immer wieder von ihrer Mutter.

Eva bringt das unterfertigte Schreiben zum Rechtsanwalt. Bei diesem Treffen wird zugleich ein neues Testament aufgesetzt, in welchem Norbert in Evas Todesfall keinen Zugriff mehr auf ihr Vermögen hat. Im Testament werden ihre Tochter und ihre beiden Enkelkinder bedacht.

Dr. Maier reicht dieses Schreiben bei Gericht ein und diese außergerichtliche Einigung befreit Norbert von einem Strafprozess.
Ein hörbares Aufatmen von Norberts Seite.

Nach dem zweiten Selbstmordversuch im Hotel Schaffenrath ruft Grete bei mir an.
„Hat er es wieder probiert?"

„Ja."

„Ich wollte ihn ja zu uns einladen, aber das mache ich jetzt nicht. Wenn es sich bei uns etwas antut. Dieses Risiko nehme ich nicht auf mich."

„Wie du meinst."

Dieses Gespräch ist noch nicht allzu lange vorbei Norbert ist ihr Architekt. Er hat immer alles zur vollsten Zufriedenheit erledigt und es steht wieder ein Umbau an und da das ganze Hotel nach Norberts Plänen gebaut wurde, möchte Sie auch jetzt seine Handschrift weiterhin haben.

Norbert ruft Eva an. Eva hat keine Lust zu telefonieren. Sie lässt es läuten. Es läutet zuerst am Festnetz, dann am Handy, wieder am Festnetz, eine ganze Stunde lang. Eva stellt den Ton ab.

Am nächsten Morgen

„Ich habe versucht, dich gestern zu erreichen."

„Warum?"

„Wo warst du."

Eva gibt keine Antwort.

„Haben wir eine Chance, dass wir noch einmal zusammenkommen."

Eva würde ihm gerne sagen, er solle sich zum Teufel scheren, aber vom Medium weiß sie, sie muss diplomatisch sein, sonst rastet er aus und kommt noch einmal und tut irgendetwas.

„Schauen wir einmal."

Norbert gibt sich mit der Antwort zufrieden.

„In zwei Jahren werden meine Fingerabdrücke und meine Daten bei der Polizei wieder gelöscht."

„Wieso?"

„Bei ordentlicher Führung."

Norbert, den unbescholtenen Mann, hat es sehr getroffen, dass sie ihn seinerzeit wie einen Schwerverbrecher behandelt hatten.

Da Eva niemand erzählt hat, was wirklich vorgefallen ist, hat er jetzt ein leichtes sich wieder in Szene zu setzen.

Eva fühlt sich in ihrem Haus sehr wohl. Sie hat sich um ihren Grund einen zwei Meter hohen Zaun errichten lassen, der oben mit einem Gleichstrom versehen ist. Diesen Tipp hatte sie von einem Polizisten. Bei einem normalen Strom flüchtet der Täter. Beim Gleichstrom kommt er nicht mehr weg und du kannst ihn von der Polizei abführen lassen.

Eva hat alles gekennzeichnet. Am Zaun ist ein Schild angebracht. Vorsicht Strom, sodass sie im Falle, dass sich jemand unbefugt am Zaun zu schaffen macht, keine rechtlichen Ansprüche zu fürchten hat.

Weiters hat sie sich einen Hund zugelegt, einen Neufundländer. Einen Welpen. Evas Mutter meint lapidar als sie ihn sieht.

„Der ist ja noch für nix."

„Aber der wird noch."

„Aber jetzt beschützt er dich noch nicht."

Ihre Sorge um ihre Tochter ist nicht unberechtigt. Zuviel war geschehen.

Aber der hohe Zaun beruhigt sie ein wenig.

Eva möchte einen neuen Baum pflanzen und dafür möchte sie einen Pflock einschlagen, damit der Baum gerade wächst. Sie geht in die Werkstatt und sucht eine Hacke um den Pflock einschlagen zu können. Sie sucht und sucht, aber sie findet keine. Es waren aber immer ein paar in der Werkstatt gewesen.
Schließlich borgt sie sich von ihrer Tochter eine aus und pflanzt den Baum ein.

Das Verhältnis zwischen Eva und ihrer Tochter ist durch die Vermittlung des Schwiegersohnes wieder einigermaßen gut. Eva erzählt nichts mehr von ihrer Ausbildung, von Themen die Eva durch Theobald erfährt auch nicht.

Das Ende der Reha-Zeit naht. Teresa und Norbert haben überlegt, ob er sich in Braunau eine Wohnung mieten solle, damit sie nicht so weit fahren müsste, falls was wäre. Aber Norbert teilt ihr mit, die Wohnung in St. Johann ist so schön eingerichtet, er ziehe da ein.
„Aber die ist im zweiten Stock."
„Das wird schon gehen."

Im Reha-Zentrum als sie erfahren haben, dass Norbert in den zweiten Stock gehen müsste, wird ausgiebig das Treppensteigen trainiert.

„Und dann komm ich eh wieder zu euch nach Hause."

Mittlerweile hatte er auch wieder sein Auto bei der Reha stehen. Offiziell fahren dürfte er nicht. Er hätte eine Prüfung machen müssen, um die Fahrerlaubnis mit seiner Behinderung zu erhalten, aber die Ärzte haben ihm abgeraten, denn die würde er nicht schaffen.

Eva fährt nach St. Johann, um aus der Wohnung ihre persönlichen Sachen zu entfernen. Ein paar Kleidungsstücke lässt sie hängen, damit Norbert nicht den Eindruck hat, es wäre eine endgültige Trennung. Auch Kosmetiksachen verbleiben im Badezimmer.

Teresa holt ihren Vater von der Reha ab. Peter fährt mit Norberts Auto. Er traut sich noch nicht. Norbert kann zwar schon wieder mit Stöcken gehen, aber die Koordination lässt noch zu wünschen übrig.

Er hat zwar einige Wirbel gebrochen, aber durch Zufall wurde bei einem Medikament eine besondere Nebenwirkung entdeckt. Ein Antidepressivum hatte den Effekt, dass die Nervenstränge wieder zusammenwachsen und dadurch kann Norbert jetzt mit Stöcken sehr langsam wieder gehen. Deshalb ist es auch möglich, dass er die Wohnung im zweiten Stock bezieht.

Teresa, Peter, und die Kinder helfen ihm beim Einräumen und bleiben übers Wochenende bei ihm, um ihm bei ev. Schwierigkeiten zu helfen.

„Wie schön ist es, nicht mehr in der Klinik sein zu müssen."

Teresa richtet alles, das Essen, das Bett, hilft ihm um ins Bad zu kommen.

Auch ist ein Rollator besorgt und ein zweiter Rollstuhl, damit er in der Wohnung herumfahren kann und der andere unten stehen bleiben kann, um in die Stadt zu kommen.

Mit gemischten Gefühlen verlassen die Jungen Norbert. Wird er zurechtkommen?

Norbert ruft Teresa ein paar Mal täglich an und möchte, dass sie am kommenden Wochenende wieder nach St. Johann fahren. Teresa lehnt ab. Viola geht in die Schule und auch sie brauchen für sich Zeit.

Die Woche darauf wird wieder nach St. Johann gefahren. Norbert hat schon eine Liste geschrieben, was alles zu tun ist. Teresa wird zum Putzen, Waschen und Kochen eingeteilt, Peter für handwerkliche Dinge.

Norbert sitzt vor dem Fernseher, spielt nicht mit den Kindern und lässt sich nur noch bedienen.

Eva kümmert sich in der Zeit um ihren Welpen. Der treuherzige Blick kann aber Eva nicht erweichen. Erziehung muss sein. Und dass schon im Baby-Alter.

Evas Anordnungen sind zum Befolgen und da gibt es auch kein Abweichen.

Teresa kehrt von St. Johann nach Hause zurück. Sie ist frustriert.
„Er kommandiert nur herum, die Kinder werden links liegen gelassen. Bin ich froh, dass er so weit weg ist" ist der aufgebrachte Kommentar von Teresa.

Grete lädt Norbert zu sich ein. Sie planen wieder einen Umbau und da möchten sie auf Norberts Unterstützung nicht verzichten. Das Hotel ist so ansprechend und das sollte auch weiterhin so bleiben.
Beim Abendessen unterhalten sich Helmut und Norbert miteinander.
„Was ist eigentlich passiert?" fragt Helmut.
„Ich habe ihr eine geschmiert, weil sie ja in dieser Sekte ist und ich sie da herausholen wollte."
„Deswegen hat sie die Polizei gerufen?"
„Ja."
„Ich habe meiner ersten Frau auch eine geschmiert, weil mir der Rechtsanwalt das geraten hat. Sie hat mich so zur Weißglut gebracht, dass ich mir nicht anders zu helfen wusste."
Ein Gelächter. Für die beiden Männer ist es ein Kavaliersdelikt, wenn man sich an Schwächeren oder an Frauen vergreift. Wenn sie nicht das tun, was sie von einem möchten, wird mit Gewalt vorgegangen.

Evas Neufundländer ist exzellent ausgebildet. Dadurch, dass sonst niemand im Haus ist, ist Aiko so heißt der Hund, total auf Eva fixiert. Er ist darauf trainiert zu folgen und auch niemand aus dem Haus zu lassen, der einmal im Haus ist. Dazu braucht es eines Kommandos, welches nur von Eva gegeben werden kann. Weiters hat Eva für alle Fälle eine Alarmanlage einbauen lassen, welche der Hund auch auslösen kann, ohne dass es ein anderer bemerkt.

Grete meldet sich bei Eva.
„Hast du nicht Lust, wieder einmal zu uns zu kommen?"
„Ja, wäre nett," war Evas Antwort.
„Aber nur unter der Bedingung, dass Norbert in dieser Zeit nicht bei euch ist."
Eva hört das laute Atmen ihres Gegenübers.
Da weiß sie, dass genau das Grete geplant hätte.
„Nein, nein, selbstverständlich nicht."
Eva spürt durch das Telefon förmlich die Röte in Gretes Gesicht.
Es werden noch ein paar Höflichkeitsfloskeln ausgetauscht und dann ist das Gespräch beendet.
Es ist nicht nur das Gespräch beendet sondern mit diesem Gespräch endet jeglicher Kontakt.

Die Zeit vergeht. Norbert lebt in St. Johann. Eva in Feldkirchen.
Für Norbert hat es noch nie Anordnungen gegeben,

die zum Befolgen sind. Auch nicht durch den gerichtlichen Beschluss des Kontakt- und Betretungsverbotes lässt er sich aufhalten. Bis die Bürotermine abgeschlossen sind und noch eine kurze Zeit darüber hinaus, telefoniert Eva mit Norbert. Er säuselt ihr immer wieder vor, dass er so gerne wieder nach Feldkirchen kommen würde. Eines Tages, es ist ungefähr ein halbes Jahr nachdem Norbert in St. Johann eingezogen ist, blockiert Eva ihn auf ihrem Telefon. Sie kann den Kontakt mit ihm nicht mehr ertragen.

Dieses Kapitel ist für sie endgültig abgeschlossen. Aber sie wird auch noch von den Nachbarn aus St. Johann angerufen, auch von Bauherrn. Eva möchte unter all das einen Schlussstrich ziehen.

Sie geht in den nächsten Handyshop, kündigt ihren Vertrag und schließt einen neuen ab. Neue Nummer, Vergangenheit abgeschlossen.

Frohen Herzens geht sie nach Hause. Keine Angst mehr vor unliebsamen Anrufen. Auch das Festnetz ist gekündigt. Von daher ist auch die Vergangenheit vergangen.

Den einzigen Kontakt zu ihrem früheren Leben hat sie mit ihrer Schwägerin.

Eva hat allerdings unterschätzt, dass man mit Gedankenkraft sehr viel bewirken kann. Durch intensive Gedanken ist es möglich, Menschen Unglück zu wünschen, sie zu manipulieren oder dazu zu bringen, dass sie etwas Unrechtes tun.

Teresa hat engen Kontakt mit ihrem Vater. Durch sie erfährt Norbert immer wieder etwas über Eva und so weiß er Bescheid, was sie so tut. Eva hat zwar Teresa gebeten, Norbert nichts über sie zu erzählen. Norbert versteht es aber sehr geschickt, Teresa dazu zu bringen, immer wieder Vertraulichkeiten über ihre Mutter ihrem Vater zu erzählen.

Norbert sitzt in seiner Wohnung, voller Zorn über seinen Zustand, und dass der Auslöser, so sieht es zumindest Norbert, Eva ist und war, weil sie sich nicht an seine Anweisungen gehalten hatte. Der Zorn schießt hoch und der Wunsch, Eva möge ans Haus gebunden sein, wird mit solch einer Wucht ins morphogenetische Feld geschleudert, dass Eva, die gerade mit dem Hund spazieren geht, über ihre eigenen Schnürsenkel stolpert, hinfällt und sich den rechten Arm bricht.
Im Spital wird ihr der Arm eingegipst und sie wird nach Hause entlassen.

Vier Wochen später überkommt Norbert erneut eine solche Wut, dass er wieder diesen Hass ins morphogenetische Feld schickt. Eva rutscht auf einer Wurzel aus, bricht sich den linken Arm. Das ist jedoch kein glatter Bruch sondern ein Trümmerbruch und so ist ein stationärer Aufenthalt dringend notwendig. Das Essen wird ihr eingegeben, Körperpflege wird gemacht, sie ist hilflos. Also Norberts Wünsche sind wahr geworden. Sie ist ans Bett gefesselt.

Eva geht in sich. Diese Angriffe muss sie abwehren. Sie kann es. Nur hat sie vergessen, sich zu schützen. Jetzt hüllt sie sich gedanklich in ein ovales Ei, außen mit der Farbe lila umgeben und darüber noch ein goldenes Gitter, dass all die negativen Energien, die von außen daher kommen, abprallen lässt und negative Energien, die von innen nach außen wollen, auch abgehalten werden nach außen zu dringen.

Wieder zuhause ist Eva auf Hilfe angewiesen. Sie kann sich nach wie vor nicht selbst anziehen, das Essen ist auch fast nicht möglich. Der Hund muss ausgeführt werden. Sie hat liebe Freunde, die ihr helfen und sie tagsüber versorgen. In der Nacht ist sie auf sich selbst gestellt, aber das geht schon irgendwie.
Peter und Teresa machen für Eva das Brennholz für den nächsten Winter, stapeln es in der Holzscheune auf.

Die Tage vergehen, Eva wird der erste Gips entfernt und sie beginnt sogleich mit einer Therapie. Denn für sie, ist es eine Qual, wenn sie auf die Hilfe anderer Personen angewiesen ist. Nach und nach wird die eine Hand wieder gelenkig. Der zweite Gips wird ebenfalls entfernt und das gleiche Prozedere beginnt noch einmal von vorne.

Nach und nach kann Eva wieder alles alleine machen. In der Zeit im Spital hatte Eva viel Zeit zum Nachdenken. Irgendwie hat sie festgestellt, dass ihre Enkelin Viola sehr mit ihr verbunden ist. Ja sogar, dass sie teilweise die gleichen Symptome hat wie sie selber. Viola hatte, während ihre Oma im Spital lag, auch starke Schmerzen in einer Hand. Das Phänomen war unerklärlich. Das gleiche hatte Eva als sie auf Urlaub war und Viola hohes Fieber hatte, auch Eva war übel und sie musste für einen Tag das Bett hüten.

Eva ist sehr viel mit Aiko unterwegs. Der Züchter hat ihn ans Autofahren gewöhnt und so hat sie keine Probleme damit, im Gegenteil, er freut sich sehr, wenn er wieder ein neues Gebiet kennenlernen darf. Bei einem dieser Spaziergänge kommt sie mit einem Mann ins Gespräch, dem Evas Hund sehr gut gefällt. Sie gehen gemeinsam ein Stück des Weges und plaudern angeregt. Nach einem einstündigen Spaziergang geht wieder jeder seiner Wege. Beim Nachhause fahren denkt Eva noch eine Zeitlang an diesen Mann. Aber was soll es. Eva hat zurzeit sehr wenig Vertrauen in die Männer. Sie will alles dem Zufall überlassen.

Teresa besucht mit ihren Kindern regelmäßig ihren Vater. Dabei lässt sie die Kinder niemals mit dem Vater allein. Eigentlich interessiert er sich ja eh nicht für seine Familie. Er will nur, dass all seine Sachen gewaschen und gebügelt werden, dass die Wohnung geputzt wird und dass er sich wieder einmal bedienen lassen kann. Teresa kommt immer frustriert nach Hause. Aber auch insofern, da Norbert immer wieder irgendetwas Negatives über Eva vorzubringen weiß und sie damit immer wieder von Neuem in einen Zwiespalt gerät.

Eva ist mit dem Auto unterwegs. Aiko hat sie zuhause gelassen. Sie will einmal ausgiebig einen Tag für sich alleine haben. Museumsbesuch, Kaffeehaus, in ein Restaurant gehen und einfach durch die Stadt schlendern.
Ganz in Gedanken über den Tag, übersieht sie, dass der Autofahrer vor ihr auf die Bremse steigt, weil weiter vorne ein Hindernis ist. Die Reaktion kommt zu spät und schon kracht es. Eva schleudert es nach vorne. Der Airbag geht auf. Sie sitzt benommen hinter dem Steuer. Der Autofahrer vor ihr steigt aus und kommt aufgeregt auf Evas Auto zugelaufen.
„Ist Ihnen etwas passiert?"
„Nein, ich glaube nicht."
„Ja, das ist ja ein Zufall!"
Eva blickt den Mann genauer an und erkennt in ihm die Zufallsbekanntschaft von neulich.
„Ja, das finde ich auch."

Der Mann stellte sich als Thomas Gruber vor und hilft Eva aus dem Wagen.

„Brauchen wir die Polizei?"

„Nein," ist meine Antwort, „der Fehler liegt eindeutig bei mir."

Das Warndreieck wird aufgestellt und eine Werkstätte angerufen. Der Abschleppdienst holt beide Autos ab, denn auch das Auto von Thomas ist übel zugerichtet.

„Darf ich Sie auf den Schreck auf eine Tasse Kaffee einladen?" fragt Thomas.

„Ja gerne."

Das Tomaselli, ein renommiertes Kaffeehaus, wenn nicht das renommierteste in ganz Salzburg liegt in unmittelbarer Nähe. Im Gastgarten unter den Kastanienbäumen ist es angenehm zu sitzen und bald entwickelt sich wieder ein sehr anregendes Gespräch zwischen den beiden. Keiner von ihnen hat eine Blessur davongetragen, sie sind lediglich autolos.

„Jetzt muss ich mir einen Leihwagen nehmen, sonst komme ich gar nicht nach Hause." Eva plappert das nur so daher.

Thomas Antwort.

„Ich habe noch ein Auto in der Garage bei mir zu Hause stehen, ich könnte Sie nach Hause fahren."

Eva schaut verunsichert. Das will sie eigentlich nicht. Sie will nicht, dass dieser Mann weiß, wo sie wohnt. Zurzeit wohnt. Ihr Hauptwohnsitz ist nicht gleichzeitig ihre momentane Bleibe. Sie ist immer noch vorsichtig, was die Angabe ihres Wohnsitzes betrifft. Sollte Thomas Recherchen bezüglich der Anschrift machen, wird er nichts finden in Bezug auf Evas Wohnort.

Höflich aber bestimmt lehnt Eva das Angebot ab und nachdem sie noch ein neuerliches Treffen an einem neutralen Ort ausgemacht haben, verabschieden sie sich.

Teresa staunt nicht schlecht, als Eva mit einem anderen Auto nach Hause kommt.

„Ich hatte einen Unfall."

„Ist dir etwas passiert?"

„Nein."

Die Bekanntschaft erwähnt Eva mit keinem Wort.

Norbert erfährt wie üblich alles, was sich bei Eva ereignet.

Eva hat Teresa schon zigmal gesagt, dass sie das nicht möchte, aber durch die geschickte Fragerei von Norbert kann er seiner Tochter immer alles herauslocken.

Eva erscheint zu dem vereinbarten Treffpunkt. Thomas wartet schon. Er freut sich sehr Eva wieder zu sehen. Im Inneren spürt er, dass diese Bekanntschaft nicht zufällig zustande gekommen ist. Er spürt, da ist mehr als nur jemanden gern wiedersehen. Er kann es aber nicht definieren. Eva

ergeht es ebenso. Die Zeit vergeht wie im Fluge. Thomas schlägt noch einen Spaziergang vor. Auch spürt er, dass Eva irgendein Geheimnis hat. Sie spricht nur sehr wenig über sich.
Thomas hat sein repariertes Auto wieder. Auch Evas Auto ist wieder einsatzbereit. Thomas schlägt ein neuerliches Treffen vor. Eva willigt ein.

Teresa hat ein gutes Gespür und merkt, dass ihre Mutter ihr irgendetwas verschweigt. Sie traut sich aber nicht nachzufragen. Außerdem weiß sie, dass ihre Mutter, wenn sie nicht will, ihr überhaupt nichts erzählt. Da kann sie nachfragen, wie sie will, da ist nichts zu machen.

Eva denkt an Thomas. Die Anziehung ist da. Aber Eva ist ein gebranntes Kind. Sie wollte eigentlich von Männern nichts mehr wissen. Die Erfahrung, die sie gemacht hatte, waren noch sehr präsent und im Hinterkopf spuken sie immer noch umher. Sie würde Thomas testen ohne dass er es merken sollte. Sie würde sich nie mehr von einem Mann etwas anschaffen lassen, gemeinsam entscheiden ja, nach Diskussionen die bessere Meinung gelten lassen ja, aber nur die Meinung und den Standpunkt eines anderen annehmen, niemals mehr. Das ist für Eva sonnenklar, so wie man sagt, das Amen im Gebet.

Norbert merkt die Unruhe bei Teresa. Er spürt, dass irgendetwas nicht im Reinen ist. Er fragt geschickt nach Eva, aber Teresa weiß nichts. Da rätseln sie gemeinsam herum, was sein könnte.

Thomas freut sich schon auf ein neues Wiedersehen mit Eva. Er spürt aber, dass Eva ein Geheimnis hat. Er merkt, dass sie bei vielen ihrer Äußerungen sehr vorsichtig ist und genau überlegt, was sie auf eine Frage antworten soll. Er hat sich vorgenommen, nicht zu schnell das Geheimnis entdecken zu wollen. Thomas hat ein sehr gutes Gespür, was Leute betrifft und er kann warten, bis ihm jemand etwas erzählt. Aber auf ein baldiges Wiedersehen mit Eva freut er sich schon sehr. Eine Einladung zu sich nach Hause hat Eva auch abgelehnt. Er akzeptiert es. Er versteht es allerdings nicht.

Er weiß ihren Namen, ihre Telefonnummer. Mehr nicht. Er nimmt sich vor zu recherchieren. Eva Steiner, da gibt es einige. Die Autonummer Jo also St. Johann, deren gibt es schon nur noch eine.
Adresse: Ja, wenigstens etwas.

Thomas hat Eva sehr offen erzählt, wo er wohnt, dass er schon in Pension ist, gerne verreist und das Leben genießt. Von Eva weiß Thomas allerdings fast gar nichts. Nur ihren Namen und das Autokennzeichen und eine Telefonnummer.
Thomas hat so ein Bedürfnis, Eva wiederzusehen, dass er spontan ihre Nummer wählt, mit der Hoffnung, sie würde an den Apparat gehen. Seine

Hoffnung wird nicht enttäuscht. Eva meldet sich überrascht.

„Ich mache heute einen Ausflug nach St. Johann, könnten wir uns sehen?"

„Ich bin gerade in Salzburg, das finde ich ausgesprochen schade."

„Oh, dann erspare ich mir ja den Weg ins schöne Salzburger Land. Kannst du eine Stunde für mich erübrigen?"

„Ja, wir könnten uns im Tomaselli auf einen Einspänner treffen."

Der vereinbarte Zeitpunkt rückt näher und Thomas hat bereits im Café Platz genommen, als Eva hereinspaziert. Sie ist eine sehr aparte Erscheinung und einige Leute schauen ihr mit Bewunderung nach.

Eva hat sich ganz modisch gekleidet und auch ihre Brille zieht die Blicke der Gäste auf sich. Eine solche Brille benötigt ein ebenmäßiges Gesichtsfeld und sie steht Eva hervorragend.

Thomas empfängt sie mit strahlendem Gesicht. Für eine Umarmung ist es noch viel zu früh. Thomas spürt, dass diese Geste Eva verunsichern würde und so bleibt es bei einem Händeschütteln und einem über alles strahlendem Gesichtsausdruck.

Im Anschluss daran machen sich die beiden auf den Weg um noch einen Spaziergang durch die Stadt zu unternehmen. Kaum, dass sie das Kaffeehaus verlassen haben, ruft jemand.

„Hallo, Eva."

Eva dreht sich um. Familie Wimmer, ganz alte Bekannte von Norbert und Eva sind zufällig in Salzburg.

„Wie geht es dir?"

„Danke gut. Euch auch?"

„Ja, danke."

Grete schielt auf meine Begleitung. Ich mache keine Anstalten, meine Bekanntschaft vorzustellen. Ich bin die Unhöflichkeit in Person. Aber nach unserem letzten Telefongespräch habe ich nicht das Bedürfnis, noch irgendwelche Gemeinsamkeiten oder Neuigkeiten mit ihnen auszutauschen.

Thomas, der spürt, dass Eva ihn nicht vorstellen will oder kann, dreht sich zu ihr um und sagt.

„Ich gehe schon voraus, wir treffen uns dann wie verabredet zum Abendessen."

„Ja, bis später."

Grete platzt vor Neugier und auch Helmut dreht sich nach dem Unbekannten um.

„Gehst du mit uns noch einen Kaffee trinken?"

„Tut mir leid, aber ich komme gerade vom Kaffeehaus und ich habe noch einiges zu erledigen."

„Ja, dann."

Ich spüre die Blicke von beiden in meinem Rücken. Ich habe auch keine Lust mich mit ihnen weiter zu unterhalten. Seinerzeit haben sie sich für Norbert entschieden und für mich ist das auch so in Ordnung.

Norbert brauchen sie, um ihn bei ihren Bauprojekten um Rat zu fragen. Ich bin ihnen nicht von Nutzen und so haben sie den Kontakt zu mir abgebrochen.

Und Eva kennt sich im gesellschaftlichen Leben sehr gut aus. Sie spürt sehr genau ob wirkliches Interesse vorhanden ist oder reine Neugier. Und von Seiten dieser beiden Leute ist es nur die Neugierde.

Peter ist in St. Johann. Norbert hat angerufen, die Bäume sind zu stutzen, es ist auszumalen. Norbert treibt ein sehr perfides Spiel. Immer wieder, wenn Teresa oder Peter bei ihm sind, setzt er ihnen den Floh ins Ohr, sie müssten das Haus in St. Johann bekommen. Damit hat er die Gier der beiden geweckt. Ein Haus in St. Johann, stellt ja einen gewissen Wert dar. Nur dass das Haus in St. Johann Eva gehört, das scheinen sie alle miteinander vergessen zu haben.

Norbert geht regelmäßig essen und da lernt er eine Dame kennen. Dagmar mit Namen. Eine attraktive Frau mit einem volljährigen Sohn. Mit der Zeit kommen sie sich näher und sie verspricht ihm, für ihn zu sorgen, sollte er einmal auf fremde Hilfe angewiesen sein. Das berührt ihn sehr. Doch er hat einen Termin in einem Reha-Zentrum und muss für vier Wochen in diese Anstalt. Er meldet sich nicht bei Dagmar, welche daraufhin den Kontakt zu ihm abbricht.

Grete und Helmut treffen sich erneut mit Norbert und berichten ihm von dem Zusammentreffen mit Eva und dem Unbekannten. Norbert nimmt es nach außen gelassen, aber im Inneren brodelt es. Seine Gedanken überschlagen sich. Er muss an die neuesten Informationen heran. Kaum, dass er wieder auf seinem Zimmer ist, ruft er seine Tochter an. Die weiß natürlich nichts von dieser Begebenheit. Der Vater weist sie an, näheres herauszufinden. Teresa will nicht, aber schließlich fügt sie sich doch den Wünschen des Vaters.

Eines Tages kommt das Gespräch zwischen Teresa und Eva auf das Haus in St. Johann zustande. „Wenn mit Papa einmal etwas passiert, verkaufe ich das Haus in St. Johann."
„Aber Papa will, dass ich das bekomme!"
„Das wird es nicht spielen." Meine Antwort.
Wie aus der Pistole geschossen kommt die Antwort.
„Du komm endlich mit deiner Pension aus, du hast dein ganzes Leben in Saus und Braus gelebt und jetzt sei endlich einmal mit deiner Pension zufrieden."
Eva verschlägt es die Sprache. Soviel Hass in den Worten ihrer Tochter. Sie hätte nie gedacht, dass Norbert sie derart manipulieren kann.

Am nächsten Morgen ist Eva zum Frühstück bei Peter, Teresa und die Kinder eingeladen.
Sie haben es nach dem gestrigen Streitgespräch

nicht abgesagt. Peter und Teresa beäugen Eva. Teresa weiß genau, dass sie zu weit gegangen ist. Eva lässt sich nichts anmerken. Sie ist freundlich. Die beiden kennen sich nicht aus. Sie sind verwirrt. Mit dieser Reaktion haben sie nicht gerechnet.

Eva bleibt eine angemessene Frist bei ihren Kindern und dann verabschiedet sie sich höflich. Man könnte die Luft schneiden, so dick ist sie. Aber wahrscheinlich hat lediglich Eva diese Wahrnehmung.

Thomas kann es kaum erwarten, Eva wieder zu sehen. Er möchte zu gerne mehr Zeit mit ihr verbringen, um sie näher kennen zu lernen. Eva hält sich noch zurück. Die Erfahrungen mit ihrem Mann hat sie immer im Hintergrund. Obwohl man das eine nicht mit dem anderen vergleichen sollte. Eva ist unsicher.

Sie legt für sich die Karten. Das Resultat ist eindeutig. Thomas ist der ideale Partner für sie. Auch wird das Medium kontaktiert und auch hier eine eindeutige Antwort. Sollte sie alle ihre Bedenken in Bezug auf Männer über Bord werfen. Eva schläft eine Nacht darüber und dann siegt doch ihr Optimismus und sie beschließt sich näher auf Thomas einzulassen.

Sie verabreden sich zu einem Spaziergang.

Eva klärt Thomas über die Vergangenheit mit Norbert auf und dass sie erst wieder Vertrauen hat fassen müssen, um überhaupt wieder einen Mann näher an sich herankommen zu lassen. Mit strahlendem Gesicht wendet sie sich an Thomas.

„Einen besseren Lehrmeister um mein Vertrauen in die Männerwelt wieder aufbauen zu können, hätte mir die geistige Welt gar nicht schicken können."

Mit diesen Worten umarmt sie ihren Begleiter und dieser strahlt nun ebenfalls.

„Endlich, ich wusste, dass du mir etwas verheimlichst, aber ich wollte dich nicht drängen."

Aus der Umarmung wird ein inniger Kuss und Hand in Hand wird der Weg fortgesetzt.

Sie kommen zu einer kleinen Ansiedlung. Thomas bleibt stehen.

„Hier wohne ich, darf ich dich zu einem Kaffee einladen."

„Ja, sehr gerne."

Sie betreten das Haus. Eva sieht sich um. Es ist sehr modern eingerichtet, mit großen Fensterfronten, auch vielen Zimmerpflanzen. Es wirkt sehr behaglich. Eva wendet sich Thomas zu.

„Das sieht gar nicht so aus, als ob hier nur ein Mann wohnen würde."

„Ich liebe Pflanzen, beschäftige mich auch mit Gartenarbeit."

Eva gefällt es hier sehr gut.

Thomas bringt den Kaffee. Er erzählt von seinem beruflichen Werdegang, von seiner Beziehung, die sich auseinander gelebt hat, von seinem erwachsenen Sohn und auch davon, dass er sich schon damit abgefunden hatte, seine Pension allein verbringen zu müssen. Umso glücklicher ist er jetzt. Eva drängt zum Aufbruch. Sie hat ihren Hund zuhause gelassen und ist jetzt schon viel zu lange unterwegs. Sie gehen zurück zu ihren Autos und sie verabschieden sich mit einem innigen Kuss.

Teresa steht am gegenüberliegenden Gehsteig und schaut neugierig auf ihre küssende Mutter. Die Neugier siegt und sie macht sich auf den Weg zu den beiden.

„Hallo Mama."

„Hallo Teresa, was machst du denn in der Stadt."

„Ich hatte ein paar Besorgungen zu machen."

„Teresa, das ist Thomas. Das ist meine Tochter Teresa."

„Hallo."

„Hallo."

Eva wendet sich an Thomas,

„Können wir morgen miteinander telefonieren?"

„Ja, gerne. Bis bald."

Teresa wartet auf eine Erklärung ihrer Mutter. Diese hat aber nicht vor, Teresa irgendetwas zu erklären. Das ist ihr Leben und sie ist darüber ihrer Tochter keine Rechenschaft schuldig.

Thomas und Eva verbringen sehr viel Zeit miteinander, machen Ausflüge, Aiko ist fast immer mit dabei, weil auch Thomas Hunde sehr mag. Auch treffen sie in Salzburg wieder einmal die

Familie Wimmer, aber nur auf die Ferne.

Norbert hat in seiner Wohnung einige Bilder von Eva herumliegen und sieht sie sich immer wieder an. 43 Jahre hat er mit ihr verbracht und dann war ganz plötzlich alles vorbei. Er kann und will sie nicht vergessen. Dass Grete ihm erzählt hat, dass sie einen Bekannten hat, macht ihn ganz wütend.
Von Teresa erfährt er auch nichts. Er muss Gewissheit haben. Das ist nur so ein Gedanke. Seiner Tochter gegenüber kann er nicht erzählen, was er vorhat, sie würde ihm davon abraten.
Der Gedanke beschäftigt ihn so sehr, er kommt immer wieder und lässt ihn nicht mehr los. Sollte er es wagen. Ja, er muss Gewissheit haben. Das Betretungsverbot außer Acht lassend. Sollte er erkannt werden, droht ihm Gefängnis.

Norbert setzt sich ins Auto, fährt Richtung Salzburg. Mit seinem Auto kann er nicht weiterfahren, das würde in Feldkirchen jeder erkennen. So fährt er zu einem Autoverleih und borgt sich einen schwarzen Golf. Golf ist ein Fahrzeug, dass am Land sehr viele fahren und so würde er nicht auffallen. Mit dem geborgten Fahrzeug fährt er weiter Richtung Michaelbeuern, Oichten und dann schwenkt er ein Richtung Feldkirchen. Alles ist so vertraut, beinahe kommen ihm die Tränen. Das alles hat er an einem einzigen Abend verspielt, nur durch seinen Egoismus, seine Eifersucht, seinen Narzissmus.

Dieser Gedanke währt nur einen kurzen Augenblick.
Dann sind schon wieder die anderen Gedanken da.
Er schleift in den Weg ein, der Richtung seines ehemaligen Zuhauses führt. Er fährt sehr langsam, er fährt an Teresas Haus vorbei, und da steht das Haus, aus dem er sich selber vertrieben hat.

Ein mannshoher Zaun umschließt das Gebäude, die Hecken schön geschnitten, der Rasen sehr gepflegt, die Einfahrt gepflastert. Ein Schmuckstück steht da.
Er fährt langsam weiter.

Niemand erkennt ihn. Er hat eine Kappe auf, die er tief in die Stirn gezogen hat.

In ihm reift der Plan, sich ein Hotelzimmer zu nehmen und in der Nacht noch einmal wieder zu kommen. Vielleicht kann er ja einen Blick auf Eva erhaschen.

Beim Abendessen hat Norbert auch ein paar Gläser Wein konsumiert und jetzt steht er wieder vor dem Haus. Aber im Haus ist alles finster.

Peter kommt von der Arbeit nach Hause. Er sieht den Golf auf der Straße stehen und trotz Dunkelheit erkennt er Norbert. Er fährt aber vorbei und geht ins Haus.

„Teresa, da draußen sitzt dein Vater in einem Auto und beobachtet das Haus."

„Aber das kann nicht sein."

„Geh ins Schlafzimmer, von dort aus kannst du ihn sehen."

Der Golf steht noch immer da. Teresa weiß, dass ihr

Vater sie nicht sehen kann. Sie geht auch nicht hinaus. Sie ist in der Zwickmühle. Wenn sie ihn hereinlässt, verstößt sie gegen die Auflagen des Betretungsverbotes, weil ja ihr Haus auch noch in der 100 m Zone liegt. Wenn sie nicht aufmacht, verscherzt sie es sich mit ihrem Vater.

Sie wird schweigen. Und so tun, als ob sie nichts gewusst hat.

Norbert fährt zurück in sein Hotel und am nächsten Morgen tauscht er das Auto und fährt zurück nach St. Johann.

Thomas und Eva kennen sich jetzt schon drei Monate und aus diesem Anlass möchte Thomas Eva in ein Restaurant ausführen. Etwas Besonderes.

Ins Ikarus. Die besondere Atmosphäre und das gute Essen hebt die Stimmung enorm und es ist die Spannung und die Zuneigung wahrhaftig zu spüren und auch zu sehen.

Die Tür öffnet sich.

Familie Wimmer mit Norbert erscheinen. Auch sie wollen einen besonderen Abend genießen. Norberts Blick schweift im Lokal herum und da entdeckt er Eva.

Auch Eva hat ihn entdeckt. Sie steht auf, mitten unterm Essen und wendet sich an Thomas mit den Worten

„Ich gehe schon einmal vor."

Keine weitere Erklärung.

Thomas ist etwas perplex über den abrupten Aufbruch. Er schaut sich im Lokal um. Irgendetwas oder irgendjemand hat ihre Reaktion ausgelöst. Thomas begleicht die Rechnung und verlässt auch das Lokal.

Eva wartet auf ihn und erklärt ihm ihr sonderbares Verhalten.

Im Auto fragt Thomas in einem scherzhaften Ton.

„Zu dir oder zu mir?"

„Natürlich zu dir, das ist viel näher."

Thomas schaut Eva von der Seite an und ist sich nicht sicher, ob es ein Scherz ist. Da aber Eva sehr entspannt schaut, freut er sich riesig und ein zärtlicher Blick ist die Folge.

Obwohl beide nicht mehr die jüngsten sind, haben sie nichts vergessen, die Elektrizität, das übereinander herfallen wollen. Sobald die Tür ins Schloss gefallen ist, nesselt jeder am anderen an der Kleidung und bis zum Schlafzimmer liegen fast alle Kleider verstreut herum.

Nach einer wunderbaren Nacht, in welcher beide engumschlungen geschlafen haben, ist jede Verlegenheit verflogen und sie wissen, dass ist nicht die letzte gemeinsame Nacht gewesen.

Thomas macht Frühstück und danach fährt Eva wieder in ihr Heim zurück.

Aiko erwartet sie freudestrahlend. Teresa hat ihn zwar versorgt, aber er ist total auf sein Frauchen fixiert.

Das Telefon klingelt.

„So einen schönen Abend und eine wunderbare Nacht hatte ich schon so lange nicht mehr. Das könnten wir ja öfter wiederholen.

„Darüber würde ich mich sehr freuen."

Eine Hupe ertönt.

Wolfgang, Evas Neffe, steht vor der Türe.

„Hallo Wolfgang, wie kommst du denn hierher?"

„Ich war in der Gegend und wollte mal schauen, wie es dir geht."

„Danke gut. Aber leider habe ich jetzt überhaupt keine Zeit. Ich habe eine Verabredung."

„Schade. Ich dachte wir könnten einen gemütlichen Abend miteinander verbringen."

„Tut mir leid. Hast du hier in der Nähe ein Hotelzimmer."

„Nein, ich dachte, ich könnte bei dir eine Nacht verbringen."

„Nein das geht nicht. Da ist es besser, du fährst wieder nach Hause."

Wolfgang hat mich seinerzeit sehr verletzt und mich unter Druck gesetzt und ich kann ihn einfach nicht ins Haus bitten. Indirekt hat er ja mir seinerzeit die Schuld gegeben, dass Norbert jetzt körperlich behindert ist.

„Hättest du morgen eine ½ Stunde Zeit für mich."

„Ja."

„Wäre dir 10.00 Uhr recht."

„Ja."

Ich verstehe nicht, was wir zu besprechen hätten. Jetzt freue ich mich auf einen netten Abend mit Thomas.

Wolfgang ist pünktlich. Ich bin fertig angezogen und schlage ihm vor ein paar Schritte zu Fuß zu gehen. Ins Haus bitten, will ich ihn nicht.
„Wie geht es dir."
„Gut."
Eine Schweigeminute setzt unser Gespräch fort.
„Was willst du eigentlich bei und von mir?"
Er druckst etwas herum.
„Daniela will mich verlassen."
Aha, er sucht wieder einen Gesprächspartner und eine Therapiestunde.
Da ich ihm ja seinerzeit sehr geholfen hatte, kommt er jetzt wieder auf mich zu.
„Es geht mir wieder genauso, wie mit meiner ersten Frau. Sie fühlt sich zu Frauen hingezogen."
„Naja, dann kennst du dich ja schon aus."
Eva weiß, dass kommt nicht empathisch hinüber, aber es ist auch nicht in Ordnung, jemanden zu verurteilen und keinen Kontakt mehr haben zu wollen und wenn man selber Probleme hat, denjenigen wieder aus dem Eck herauszuholen.
„Kann ich mit dir reden."
„Wir reden gerade oder was tun wir jetzt."
„Du hast mir seinerzeit sehr geholfen und die Gespräche mit dir haben mich aus meiner Depression herausgeholt und dadurch habe ich

alles besser verarbeiten können. Kannst du mir noch einmal helfen."

Eva hat ein gutes Herz und ist sehr hilfsbereit.

Wie soll sie sich verhalten.

„Ich überlege es mir. Du hast mir seinerzeit sehr weh getan. Norberts ganze Familie hat sich auf seine Seite geschlagen, ihm geglaubt und mir nicht einmal die Chance gegeben, einiges klar zu stellen. Da habe ich auch lange gebraucht, bis ich es verarbeitet hatte."

Wolfgang schaut niedergeschlagen drein.

„Ja, ich weiß. Norbert hat mir so leidgetan, er saß im Rollstuhl."

„Ja, und ich, meine Blessuren waren seelischer Natur, die sieht man ja nicht und dann sind sie auch für viele nicht mehr vorhanden."

„Im Nachhinein tut mir das aufrichtig leid."

„Ich wollte eigentlich nie mehr mit irgendjemanden aus dem Steiner Clan etwas zu tun haben."

Wolfgang ist enttäuscht.

„Ich melde mich morgen bei dir."

Wolfgang besucht noch kurz Teresa und dann fährt er zurück nach St. Johann.

Die Tatsache, dass Wolfgang bei Eva war, wird schnurstracks nach St. Johann weitergeleitet und so versucht Norbert von Wolfgang einiges über Eva zu erfahren. Aber Wolfgang kann nichts berichten, da er ja nichts erfahren hat, was Norbert interessieren würde.

Er war weder im Haus gewesen, noch hatte Eva irgendetwas über sich erzählt.

Wolfgangs Telefon klingelt.

„Ja wir können miteinander reden, an einem neutralen Ort. Und ich werde dir eine Telefonnummer geben, unter welcher du mich erreichen kannst. Die ist aber nicht immer eingeschaltet, hinterlasse mir dann einfach deine Nummer. Ich melde mich dann bei dir. Das alles aber unter der Bedingung, dass Norbert davon nichts erfährt." Wolfgang verspricht es.

Eva ist sehr vorsichtig, Wolfgang hatte immer einen engen Kontakt zu Norbert und sie weiß nicht, was da weitergegeben wird.

Sie hat die Telefonnummer ausgetauscht um nicht mehr an frühere Zeiten durch Anrufe irgendwelcher Bekannte erinnert zu werden und deswegen wird auch die neue Handy-Nummer nicht an Wolfgang weitergegeben.

Sie verabreden sich für den nächsten Tag in Salzburg.

Thomas wird informiert. Das vorgefallene wird besprochen und sie verabreden sich am nächsten Tag nach dem Treffen mit Wolfgang in Salzburg.

Wolfgang ergeht es gleich wie mit seiner ersten Partnerin. Auch er hat eine Steiner Krankheit, das ist klammern. Die Partnerin hat alles offen zu legen, hat keine eigenen Entscheidungen zu treffen, muss sich in wichtigen Dingen nach dem Hausherrn richten, ich Gegenzug dazu wird sie verwöhnt, in der Früh werden vom Bäcker die frischen Semmeln geholt, die schweren Einkäufe werden in den Vorratsraum gebracht. Beim Putzen wird geholfen, im Endeffekt ein goldener Käfig. Daniela, Wolfgangs Frau hat es am Anfang ihrer Beziehung sehr genossen umsorgt und verwöhnt zu werden und hat dabei übersehen, dass die Fürsorge eigentlich Kontrolle bedeutet. Mit der Zeit hat sie das perfide Spiel durchschaut und schlussendlich wird ihr das Gefängnis zu eng und sie zieht einen Schlussstrich. Mit Kind und zwei Koffern verlässt sie die gemeinsame Wohnung und zieht zurück nach Deutschland zu ihren Eltern.

Wolfgang als Skorpion im Sternzeichen, hat als Mann noch mehr als eine Frau, eine Kontrollsucht und daran scheitert schlussendlich jede Beziehung. Die europäischen und amerikanischen Frauen lassen sich das heutzutage nicht mehr gefallen. Da müsste er sich schon eine Frau aus dem Orient zulegen. Das wiederum entspricht nicht der Art Frau wie sie sich Wolfgang wünscht, selbstbewusst, eigenverantwortlich und doch kontrollierbar.
Jetzt ist wieder einmal der Psychiater in Eva gefragt. Eva weiß, allein dass Wolfgang mit ihr reden kann, hilft ihm. Er will das Gespräch ins Unendliche verlängern, nur damit er über seinen Kummer reden kann.

Eva schaut auf die Uhr.

„Wir müssen uns jetzt trennen. Ich habe noch eine Verabredung."

„Wann können wir uns wieder treffen."

„Ev. Nächste Woche. Ruf mich bitte an"

Wolfgang ist enttäuscht, Das Wochenende steht vor der Tür und insgeheim hat er gehofft, Eva würde ihn übers Wochenende zu sich einladen, um noch weiter diskutieren zu können.

Thomas erwartet sie schon in ihrem Kaffeehaus. Evas Herz macht einen Sprung als sie Thomas erblickt. Sie umarmen sich zärtlich und auch ein Begrüßungskuss darf nicht fehlen.

Thomas schaut Eva von der Seite an.

„Ist es gut gelaufen? Du schaust müde aus."

„Ach, die Steiners sind manchmal sehr schwierig. Aber lass uns über etwas anderes reden.

Hand in Hand verlassen sie das Lokal und wandern an den Ufern der Salzach Richtung Bergheim. Eva geht glücklich aber gedankenverloren neben Thomas einher. Sie schaut zum Himmel und erblickt ein dunkles Gebilde, welches ausschaut wie eine schwarze Gestalt, wie eine Bedrohung. Eva erschrickt. Sie dachte gerade an Wolfgang. Jetzt weiß sie, die Gespräche mit Wolfgang wird sie lassen. Sie achtet immer auf ihr Umfeld und so kann sie Dinge sehr gut deuten. Dieses dunkle Wolkengebilde verheißt nichts Gutes. Also wird sie ihre Energie schonen und Wolfgang für weitere Gespräche einen Korb geben.

Da sie nicht gewohnt ist, gefasste Entschlüsse auf die lange Bank zu schieben, zückt sie das Telefon, glücklicherweise hat sie ihr „öffentliches Telefon" mit dabei und verständigt umgehend Wolfgang von ihrem Entschluss.

Dieser ist wenig begeistert und versucht Eva umzustimmen. Vergeblich.

Thomas beglückwünscht sie zu ihrem Entschluss.

Wolfgang ist tief verletzt. Gedankenverloren geht er in St. Johann spazieren, als plötzlich Norbert vor ihm steht. Mit diesem hatte Wolfgang auch weniger Kontakt, da Norbert es schafft, mit jedem in Streit zu geraten. Dieser merkt jedoch, dass irgendetwas nicht stimmt. Trotz Versprechen Eva gegenüber erzählt er Norbert, dass diese ihm nicht helfen will, er herausgefunden hat, dass Eva sehr viel unterwegs ist. Mehr wissen sie nicht. Von Thomas schon gar nichts. Aber Norbert reimt sich einiges zusammen. Schließlich hat er ja Eva in Begleitung eines Mannes in diesem Lokal gesehen. Er nimmt sich vor, Teresa bei nächster Gelegenheit auszuhorchen.

Für kommendes Wochenende ist ohnehin ein Besuch bei ihm geplant.

Eva lädt Thomas zu sich ein.

Der mannshohe Zaun, die Alarmanlage, der

Riesenhund, und andere Vorsichtsmaßnahmen beeindrucken Thomas sehr.

„Du hast hier ja einen Hochsicherheitstrakt."

„Ja, und die Schlüsselanlage, sollte es damit Probleme geben, ist auch innerhalb von fünf Minuten ausgetauscht. Auch im Haus habe ich gewisse Vorsichtsmaßnahmen getroffen. Auf Überraschungen bin ich vorbereitet. Bei dir habe ich den Eindruck, ich könnte mich auf dich verlassen. Das hatte ich schon lange nicht mehr."

Thomas ist sehr erfreut über diese Aussage.

Eva zeigt Thomas das Haus und es gefällt ihm sehr gut.

Teresas Besuch bei ihrem Vater ist dieses Mal mit der ganzen Familie vorgesehen.

Viola, die mittlerweile weiß, was seinerzeit vorgefallen war, hat jetzt einen ganz anderen Blick auf ihren Großvater. Auch ist sie ein sehr feinfühliges Kind und merkt, wie Norbert Teresa aushorchen will.

„Opa, warum hast du damals Oma fast umgebracht?"

Drei Augenpaare richten sich entsetzt auf Viola. Was weiß sie? Woher weiß sie etwas? Sollte das Geheimnis gelüftet sein.

„Wie kommst du darauf?"

„Könntest du meine Frage beantworten?"

„Das habe ich nicht."

„Oma hat alles aufgeschrieben und es mir lesen lassen. Ich war entsetzt."

Teresa ist empört. Wie kommt ihre Mutter dazu, einem ihrer Kinder zu erzählen, was damals geschehen ist. Eva wird sofort angerufen.

„Wie kannst du Viola erzählen, was damals passiert ist. Wir haben abgemacht, dass es unser Geheimnis bleibt!"

„Ja, schon, aber du kennst Viola, die hat lange Ohren und wenn du und dein Vater offen darüber redet, was damals passiert ist, und Viola mich verzweifelt anruft und sagt, sie möchte wissen, was seinerzeit vorgefallen ist, weil ihr so laut gesprochen habt, dass sie alles mit anhören konnte, kann ich ihr die Wahrheit nicht vorenthalten."

„Das hätte mit mir besprochen werden müssen."

„Gar nichts muss ich mit dir besprechen. Es geht schließlich um mich und um das Vertrauen, das Viola zu mir hat und das will ich nicht zerstören. Norbert will sich immer noch auf die Sekte hinausreden, wenn ihn jemand fragt, was passiert ist und nach fünf Jahren langt es jetzt einmal. Ich lass mich nicht länger als Schuldige hinstellen."

Norbert passt es überhaupt nicht, dass ihm der Zugang in Feldkirchen verwehrt ist. Er muss es irgendwie schaffen die Kinder zu überzeugen, dass Eva alles verkaufen möchte und sie dann leer ausgehen.

Peter hat durch die schlechten Erfahrungen in seinem Elternhaus, was Erbschaft anbelangt, den riesengroßen Anspruch, alles von Eva erben zu wollen. Auch ihre Tochter hat diesen Anspruch.

Peter hat sich ja schon als Bauer auf dem Anwesen von Eva gefühlt. Eva hat ihn gewähren lassen, bis zu dem Zeitpunkt, als sie ihm mitgeteilt hat, er müsse einen Teil der Pacht übernehmen, die ein Bauer ihr bezahlt, da sie ja jetzt weniger Packt bekäme als vorher, weil die jungen ja einen Teil schon für sich beansprucht hatten.

Peter ist so wütend, dass er ihr entgegen schleudert. „Wenn ich gewusst hätte, dass wir was bezahlen müssen, hätte ich nicht so viel für dich getan."

Eva verschlägt es die Sprache.

Was hatte er für sie getan, das Brennholz hat er für sie gemacht und da immer viel zu wenig. Sie musste immer einen Teil dazu kaufen.

Er hat aus dem Wald herausgeschlagen, was er brauchte, Bauholz, Brennholz und auch die Hackschnitzel waren für ihn reichlich vorhanden. Für Eva nur in einem geringen Maß.

Eva muss die Entscheidungen selbst treffen. Sie überlegt genau, was sie tun soll. Schließlich sagt sie zu Peter, dass sie die Waldwirtschaft jetzt selber macht. Peter kann es nicht fassen, der Wald sollte ihm verwehrt sein. Seine Lieblingsbeschäftigung.

Aber er ist der Überzeugung, sie würde ihn reumütig wieder bitten, die Waldwirtschaft zu machen.

Aber Evas jahrelange Schulung mit Norbert, wo sie immer wieder selbst Hand anlegen musste, machten sich jetzt bezahlt. Es wird kurzerhand eine Motorsäge gekauft, eine Schnittschutzhose, Jacke, Handschuhe und auch ein Forsthelm. Stahlkappenschuhe hatte sie bereits zuhause.

Da sich Eva immer geweigert hat, mit dem Traktor zu fahren, wird kurzerhand ein Leiterwagen mit der Motorsäge mit Keilen, mit einer Hacke mit einem Kanister Gemisch und dem Motoröl beladen und damit in den Wald gefahren. Sie begutachtet die Bäume und beschließt einen Baum mit mittlerer Stärke zu fällen. Gedacht, getan.

Das Starten der Motorsäge stellt ein paar Schwierigkeiten dar. Sie ist mit einem Seilzug zu starten. Eva probiert es, einmal, zweimal, dreimal. Der Schwung passt noch nicht. Man muss mit dem gewissen Zug daran ziehen, sonst springt die Motorsäge nicht an. Beim vierten Mal endlich geschafft.

Eva schneidet einen Keil in eine Seite des Baumes. Dann geht sie auf die andere Seite des Baumes, macht einen Schnitt bis ca. ein Drittel des Stammes durchgesägt ist, legt die Motorsäge beiseite und nachdem sie geprüft hat, dass der Baum in die richtige Richtung fällt, holt sie die Keile und die Hacke und schlägt die Keile in die Schnittfläche hinein. Ein paar kräftige Schläge und der Baum beginnt sich zu neigen. Er fällt genau in die gedachte Falllinie. Der erste selbstgefällte Baum.

Nach und nach wird der Baum in 40 cm kurze Teile

geschnitten, dann auf den Leiterwagen verfrachtet und nach und nach zum Haus gebracht. Das alles dauert natürlich einige Tage, da Eva den holprigen Waldweg nur 4 – 5mal pro Tag gehen kann, da es sehr kräfteraubend ist.

Nachdem alles Holz beim Haus ist, wird es noch gespalten und aufgestapelt, um es für den Winter trocknen zu lassen.

Peter hätte ihr zwar ein paar Mal Hilfe angeboten, aber sie hat höflich und bestimmt abgelehnt. Zu groß ist die Enttäuschung. Sie hat sehr viel auf Peter gehalten, aber sein Verhalten hat ihr einiges aufgezeigt und da hat sie ihre Meinung über Peter revidiert.

Peter natürlich sehr frustriert, dass ihm sein geliebter Wald verwehrt ist, hat ein offenes Ohr für Norberts Vorschläge. Er solle Eva beobachten und wenn sich etwas tut, sollte er umgehend Bericht erstatten, damit sie gemeinsam Pläne schmieden könnten.

Norbert ist mit dem Familienbesuch sehr zufrieden, konnte er doch Unfrieden säen.

Thomas und Eva beschließen kurzerhand nach Italien zu fahren. Über Villach, Tarvis und das Kanaltal geht es Richtung Grado. Grado war auch der Lieblingsort von Norbert gewesen aber auch der von Thomas. Eva hat sich auch immer gerne hier aufgehalten, aber die letzten fünf Jahre hat sie nie wieder italienischen Boden betreten. Sie wollte Abstand. Aber jetzt war die Zeit wieder reif für eine gute Pasta, Kalamari, Seezunge, Profiterole und verschiedenes mehr. Auch ein gutes Glas Rotwein gehörte dazu.

Thomas und Eva genossen den Aufenthalt in Italien und nach drei Tagen geht es wieder nach Hause.

Eva checkt ihr „öffentliches Telefon" welches sie absichtlich zuhause gelassen hatte. Zehn Anrufe von Wolfgang und fünf Anrufe von einer unbekannten Nummer. Sie reagiert nicht.

Sie hat eine Firma beauftragt, ihr fünf bis sechs Bäume im Wald zu fällen. Sie wollte sich nicht der Gefahr aussetzen von einem umfallenden Baum getroffen zu werden. Sie hatte zwar bereits einmal einen Baum gefällt, aber für den kommenden Winter brauchte sie noch sehr viel Brennholz und eventuell auch für das übernächste Jahr. Die Waldarbeiter hatten große Erfahrung mit dem Fällen der Bäume. Die Aufarbeitung würde sie dann zusammen mit einem Freund ihres Bruders machen.

Außerdem hatte Eva sich einen Baugrund eintragen lassen, da ja ein Freund ihres Bruders gerne auf dem Land leben würde. Diese Bewilligung war auch gerade gekommen.

Mit dem Geld aus dem Grundstücksverkauf will Eva den Stall abreißen und sich einen Anbau errichten lassen, damit sie dann in den neuen Teil des Hauses ziehen und dort mit Thomas einen Neubeginn starten kann. Die Wohnung im bestehenden Haus würde sie erhalten und eventuell für ein Enkelkind vorsehen.

Die Bäume sind gefällt, der Freund verständigt und mit dem Traktor wird das auf 1 m geschnittene und gespaltene Holz zum Haus gebracht. Es wird in die dafür vorgesehene Überdachung geschlichtet, sodass es noch ein oder zwei Jahre trocknen kann und vor Regen geschützt ist.

Egon, der Freund meines Bruders und ich unterhalten uns über den Verkauf des Grundstückes. Nichts ahnend, dass Peter und Teresa in ihrem Haus auf der Terrasse sitzen und jedes Wort verstehen. Der Preis ist ausverhandelt und per Handschlag wird der Verkauf des Grundstückes besiegelt. Es fehlt nur noch die notarielle Bestätigung und die Grundbuchseintragung.

Peter und Teresa wollen Eva bei Gelegenheit zur Rede stellen. Es kann ja nicht sein, dass ihre Mutter bzw. ihre Schwiegermutter ihr Erbe verscherbelt. Sie haben schon ganz konkrete Pläne, was sie mit dem Besitz alles machen werden. Da passt ein Verkauf, wenn auch nur einer kleinen Fläche, nicht ins Konzept.

Norbert hat mittlerweile durch Wolfgang erfahren, dass Eva einen Freund hat, sie gemeinsame Stunden in Italien verbringen und er behindert und einsam in St. Johann seine Zeit verbringen muss. Er erfährt von Peter, dass Eva nicht zu Hause ist und will Teresa in Feldkirchen, einen Besuch abstatten.

Teresa traut ihren Augen nicht als Norbert vor der Türe steht.

„Was machst du da?"

„Dich besuchen. Eva ist ja nicht zuhause."

„Wieso weiß du das?"

„Von deinem Mann."

Es passt Teresa überhaupt nicht, dass ihr Vater so plötzlich bei ihr auftaucht.

Peter kommt nach Hause. Er ist ebenso überrascht vom Besuch, aber die beiden ziehen sich dann zurück und besprechen, wie sie die „Sache" wieder in den Griff bekommen können.

Eva kommt überraschend früher nach Hause. Sie sieht Norberts Auto vor Teresas Haus stehen. Es ist schon sehr spät und so beschließt sie, Teresa am nächsten Morgen zu kontaktieren.

Sie geht zu Bett.

Kurz vor dem Einschlafen, hört sie ein Geräusch.

Aiko ist noch bei ihrer Tochter, weil sie ja den ganzen Tag unterwegs war.

Noch ein Geräusch. Die Treppe knarrt.

Eva hat stets neben ihrem Bett den Elektroschocker liegen. Für alle Fälle.

Im Wohnzimmer, das sich direkt neben dem Schlafzimmer befindet, hört sie leise Stimmen und Getuschel. Es ist etwa Mitternacht.

Eva steht leise auf und geht auf Zehenspitzen ins Wohnzimmer. Eine Taschenlampe leuchtet herum. Durch das hereinleuchtende Mondlicht kann Eva zwei Personen erkennen. Sie knipst das Licht an. Peter und Norbert starren sie an. Eva greift nach ihrem Telefon um die Polizei anzurufen.

Peter geht auf sie zu. Nimmt ihr das Telefon ab und dreht ihr den Arm herum. Es knackst. Sie schreit auf. Der Arm ist gebrochen. Norbert geht auf sie zu und grinst über das ganze Gesicht. Durch seine Behinderung kann er nur sehr langsam gehen und steht unsicher auf den Beinen. Der Arm, mit dem sie nach dem Telefon gegriffen hat, ist zwar gebrochen, aber der andere Arm ist noch intakt.

Wie soll sie sich verhalten.

Ihr Gehirn arbeitet auf Hochtouren.

Es gibt nur eine Möglichkeit. Der Elektroschocker ist so klein, dass er in ihrer Handfläche verschwindet. Sie sucht blind den Knopf, wo sie den Schocker auslösen kann und setzt ihn Peter an den Körper, für Eva eine Ewigkeit. Abrupt lässt er sie los und sackt zusammen. Er ist starr vor Schreck.

Norbert kommt allerdings immer näher und hat sie beinahe erreicht. Sie versetzt ihm einen Stoß und dieser fällt auf den Boden. Sie weiß ohne Hilfe kommt er nicht wieder hoch.

Eva fesselt Peter wie ein Paket und bindet ihn, so gut es mit einem Arm geht, am Küchenblock fest. Norbert wird liegen gelassen. Sie greift zum Telefon. Der Polizeinotruf wird gewählt. Kurz darauf steht das Einsatzkommando bei Eva vor der Tür.

Norbert und Peter werden mitgenommen und für Eva wird ein Krankenwagen bestellt. Zum Glück hat Eva einen glatten Bruch und kann nachdem sie eingegipst wurde, das Krankenhaus wieder verlassen und mit dem Taxi nach Hause fahren.

Die beiden Männer werden verhört.
Peter bekommt eine Anklage wegen Körperverletzung und wird zu einer saftigen Geldstrafe verurteilt. Vorerst hat er ein 14tätiges Kontakt und Betretungsverbot.

Teresa ist entsetzt über Peters Handlung.
Eva weiß noch nicht, wie sie sich verhalten soll. Soll sie verkaufen, vermieten.
Für Eva ist ein Leben in unmittelbarer Nähe des Mannes ihrer Tochter nicht mehr möglich. Sie hat kein Vertrauen mehr.

Norbert wird umgehend in das Gefängnis eingeliefert. Das Betretungs- und Kontaktverbot wurde verletzt und somit ist die Strafe, die sich seinerzeit auf 15 Jahren belaufen hätte, abzusitzen.

Bei einer neuerlichen Verhandlung wird ihm auf Grund seiner Behinderung und seines Alters die Hälfte der Strafe erlassen.

Eva braucht unbedingt Unterstützung. Im Geheimen weiß sie schon, was sie tun wird, aber eine Bestätigung vom Medium ist ihr sehr wichtig.
Aber davor muss sie mit Thomas noch eine Frage klären.

Sie treffen sich wie üblich im Tomaselli und Thomas ist entsetzt über Evas Aussehen. Müde, abgespannt schaut sie aus.
„Was ist passiert?"
Eva schildert das Vorgefallene und dass sie nicht weiß, wie es weitergehen soll.
Thomas praktische Antwort.
„Lass Gras darüber wachsen und zieh erst einmal zu mir."
„Wird das gutgehen?"
„Wenn wir es nicht versuchen, werden wir es nie wissen."
„Ich möchte es mir überlegen. Das ist ein großer Schritt für mich und vielleicht auch für dich."
„Nein, für mich nicht. Ich spiele schon seit längerer Zeit mit dem Gedanken, dir diesen Vorschlag zu machen. Es wäre so schön, neben dir aufzuwachen, mit dir einzuschlafen."
Eva überlegt. Will sie das überhaupt noch einmal. Sie genießt ihre Freiheit und gleichzeitig das

Zusammensein mit Thomas. In Abhängigkeit will sie sich nie wieder begeben.

Thomas spürt förmlich Evas Unsicherheit.

Teresa wartet auf ihre Mutter. Sie weiß nicht wie es weitergehen soll.

Sie möchte den Kindern den Vater erhalten und gleichzeitig weiß sie, dass durch diesen Vorfall es für ihre Mutter nicht möglich wäre, in ihrem Haus zu bleiben. Die Kinder Viola und Sarah lieben ihre Oma und möchten sie bei sich in der Nähe wissen. Sie sind ganz verstört. Die Verhaftung ihres Vaters, das Verschwinden ihrer Oma. Sie haben gestern fürchterlich geweint.

„Wie können wir eine Lösung finden?"

„Es gibt nur zwei Optionen und beide sind für die Kinder schmerzhaft."

Sie weiß es. Sie ist hin- und hergerissen, zwischen der Option den Kindern den Vater und der zweiten Option, den Kindern die Oma zu erhalten.

Eva zieht sich zurück. Die Lage ist sehr schwierig.

Sie geht in sich. Im Grunde weiß sie schon, wie sie sich verhalten wird.

Es klingelt an der Tür.

Teresas Schwiegereltern stehen vor der Tür. Peter wohnt in der Zwischenzeit bei ihnen. Auch sie sind ratlos.

Peter hätte ihnen versichert, dass es ihm sehr leid täte, was geschehen ist.

„Ich kann den Kindern den Vater nicht nehmen. Also werde ich für eine Weile wegziehen. Wenn ich wiederkomme und sein Verhalten mir gegenüber ist weiterhin so angespannt, werde ich alles verkaufen und keine Rücksicht mehr auf meine Familie nehmen."

Sie beschließt das Haus zu vermieten und wegzuziehen.

Viola und Sarah weinen. Sie möchten Ihre Oma in ihrer Nähe wissen.

Teresa möchte auch, dass ihre Mutter dableibt. Aber sie möchte auch den Kindern ihren Vater erhalten.

Beides ist aber vorläufig nicht möglich.

Jetzt nach diesem Eklat sind sie zur Einsicht gekommen, dass Norbert sie immer manipuliert hat und nur einen Keil zwischen Eva und ihnen treiben wollte.

Eva vermietet das Bauernhaus vorerst befristet auf zwölf Monate.

Evas Wegzug ist auch für die junge Familie eine große Umstellung, der Bauernhof ist ihnen verwehrt. Die Mieter möchten die Gründe selber nutzen.

Sie haben in der Nähe ein Wohnhaus und ihre Pferde haben Sie bis jetzt in einem Reitstall untergebracht. Die möchten Sie jetzt allerdings am Bauernhof unterbringen. Teresa und Peter müssen das Gemüsefeld, was sie bis jetzt bewirtschaftet haben, auflassen. Die Tiere müssen verkauft werden, da ja kein Stall und keine Grünflächen mehr zur Verfügung stehen, wo die Tiere weiden und unterkommen könnten. Die Kinder weinen entsetzlich. Die Tränen haben Teresa erweicht und sie beschließt die Tiere bei einem nahegelegenen Bauern unterzubringen, wo die Kinder sie besuchen können. Sie können mit dem Fahrrad hinfahren oder zu Fuß gehen.

Peter ist das wandelnde schlechte Gewissen. Er weiß, dass er mit seiner Handlung sehr viel zerstört hat, vor allen Dingen Vertrauen.
Vertrauen bei seinen Kindern, bei seiner Frau und auch bei seiner Schwiegermutter.

Die Zeit vergeht wie im Flug. Eva und Thomas in einer gemeinsamen Wohnung funktioniert hervorragend. Jeder lässt jedem seinen Freiraum und dadurch funktioniert die Zweisamkeit wirklich gut. Die Enkelkinder und auch Teresa besuchen Eva sehr oft. Von Peter wird nicht gesprochen.

Die befristete Zeit der Vermietung geht bald zu Ende. Thomas bemerkt, dass Eva sehr in Gedanken ist und spricht es dann auch aus.
„Willst du wieder dein Haus für dich haben?"
„Ich denke, ich werde es wieder entmieten. Wir könnten ja abwechselnd hier und dort wohnen. Wärst du damit einverstanden?"
„Ich wollte schon immer mal auf dem Land wohnen.

Wir könnten es ja probieren."

„Ich würde mich sehr sicher fühlen, wenn du bei mir im Haus wohnen würdest."

Den Kindern wird der Plan noch verschwiegen. Erst müssen mit Peter einige Unklarheiten ausgeräumt werden.

Es wird ein Familienessen geplant, mit Teresas kompletter Familie und den Schwiegereltern auf neutralem Boden. Und es wird folgende Vereinbarung geschlossen.

Peter darf weder das Haus seiner Schwiegermutter noch den Stall betreten. Sollten schwere Arbeiten im Stall zu erledigen sein, welche die Kinder nicht meistern können, kommt der Schwiegervater oder Peters Bruder und erledigen diese Arbeiten. Die Tiere kommen zurück. Das Gemüsefeld darf wieder bebaut werden.

Die Enkelkinder fallen der Oma überschwenglich um den Hals und auch die Augen von Teresa strahlen. Peters Eltern sind auch mit allem einverstanden und Peter ist erleichtert.